청어詩人選 232

아라메길에 무릎섬을 만들다

김
도
성

시
집

청어

아라메길에 무릎섬을 만들다

김도성 시집

발 행 처 · 도서출판 청어
발 행 인 · 이영철
영   업 · 이동호
홍   보 · 천성래
기   획 · 남기환
편   집 · 방세화
디 자 인 · 이수빈 ǀ 김영은
제작이사 · 공병한
인   쇄 · 두리터

등   록 · 1999년 5월 3일
(제1999-000063호)

1판 1쇄 발행 · 2020년 4월 20일

주소 · 서울특별시 서초구 남부순환로 364길 8-15 동일빌딩 2층
대표전화 · 02-586-0477
팩시밀리 · 0303-0942-0478

홈페이지 · www.chungeobook.com
E-mail · ppi20@hanmail.net
ISBN · 979-11-5860-835-4(03810)

이 도서의 국립중앙도서관 출판시도서목록(CIP)은 서지정보유통지원시스템 홈페이지
(http://seoji.nl.go.kr)와 국가자료공동목록시스템(http://www.nl.go.kr/kolisnet)
에서 이용하실 수 있습니다.(CIP제어번호: CIP2020022827)

아라메길에
무릎섬을 만들다

김
도
성

시
집

시인의 말

　서산 아라메길이란 바다의 고유어인 '아라'와 산의 우리말인 '메'를 합친 말로 바다와 산이 만나는 서산지역의 특색을 갖춘 사람과 자연이 함께 이루어진 대화와 소통의 공간으로 아늑함과 포근함이 담긴 친환경 트레킹 코스로 6개 구간 총길이 86.54km 이다.

　아라메길은 자연스러운 길을 따라 서산의 아름다운 산과 바다를 볼 수 있는 길이다.

　코스 코뚜레길 2-1구간은 서산시 고북면 장요1리 마을회관 (0km) → 시내버스 종점(0.41km) → 주차장(0.54km) → (갈림길) 천장사 길 입구(0.87km) → 천장사 길 → 경허와 만공의 바랑이 쉼터(1.57km) → 천장사(1.87km) → 혜월선사 토굴(2.17km) → 내포 숲 길 갈림길 만월정 쉼터 (2.37km) → 연쟁이 고개(2.72km) →편백 숲 길 → 수월선사의 물레방아(4.72km) → 천장사 길 입구 (4.72km) → 주차장(5.59km) →시내버스 종점(6.13km) → 장요1리 마을회관(6.54km)

　이 코스는 시인이 20대 초반 첫사랑과 3년간 밤마다 사랑을 나눈 데이트 코스이다.

내가 밤길을 걸으면서도 외롭지 않은 것은 평생을 보아도 변치 않는 북두칠성과 동행했던 길, 내가 천수만을 걸으면서도 고독하지 않은 것은 파도소리 밤바다의 밀물 같은 추억, 내가 묘지의 상석에 누워서도 잊히지 않는 것은 난생처음 약속한 첫사랑이 유성처럼 사라진 아쉬움, 물방앗간 짚불 앞에서도 의심하지 않은 것은 소나기로 젖은 옷 말리던 그때 그 얼굴이 그려져, 유령의 상여 집에서도 두려워하지 않은 것은 서로 믿고 의지하는 철옹 같은 사랑과 믿음, 내 반백년 전 사랑의 터 연암산이 굽어보고 간월도 일몰이 지켜보는 천수만의 갯벌에 묻어주오.
    내 죽어 바라는 소원은 두 무릎 오그리고 누워 창천의 별들에게 이야기하는 무릎섬이 되는 것이외다.

    첫 시집부터 4번째 시집까지 정성으로 평론을 써주신 윤형돈 시인에게 감사드린다. 또 부족한 시에 뒤표지글을 써주신 최동호 시인(대한민국예술원 회원)께 감사드린다. 내 삶을 지탱해 준 사랑하는 아내, 세 딸 사위, 손자들이 글을 읽으며 날 기억해 주면 한다.

2020년 봄
무봉 김도성 올림

차례

2부 강물에 던진 국화

3부 둘이라는 행복

4부 겨울나무에게

1부

여섯 살 아내

그녀를 닮은
군자란 꽃에 물을 주었다
오늘이 아내 생일이다

씨 1

장기간 가뭄에도 모질게 살아간다
자리를 잘못 잡은 테니스장 쇠비름
굳세게
메마른 땅에
뿌리박고 자란다

머리채 부여잡고 뽑아도 땅을 잡고
살점이 떨어지고 핏물이 떨어져도
땅속에
뿌리는 뻗어
서로 엉겨 잡는다

몸뚱이 동강 나도 땅을 놓지 않는다
축구공 크기만 한 흙덩이를 달고 나와
씨, 몇 알
호미 등 뒤에
쏟아놓고 뽑힌다

운동화의 하루

이른 아침 햇살에 고린내 구겨 넣고
일터로 가다 보면 밑창에 못 찔리고
때로는
개똥을 밟아
불쾌감에 토악질

온종일 고층건물 공사장 철근 깔고
레미콘 시멘트 물 뒤집어쓴 한나절
즐거운
점심식사 후
쪽잠 속에 꿈꾼다

하루해 짊어지고 날품으로 지친 몸
라일락 향기 짙은 집까지 신어주고
외출을
벗어놓으면
피곤한 듯 하품한다

숨은 그 꽃

지금껏
누구에게도
보여 주지 않았다

날마다 기웃거리다
깊게 패인 손금처럼
뚜렷한 그 얼굴

마모된
손바닥에 숨은
지문 같은 그 꽃

가시버시

입원 후 아내 몰골
수세미 속 그물망 같다

54년 바라본 추레한 그 모습
새댁 적 꽃 미소 아슴아슴하고
기죽은 짚신처럼 고개 숙인 민얼굴로

"내가 너무 아파 미안해요."
"……"

애면글면하다

그림자 꽃

늦은 밤비가 내린다
미장원 머리 손질 그림자
세렝게티 사자처럼 본다
잠시도 눈을 뗄 수 없다
추녀 밑에 서서 포수처럼

내가 처음 본 그녀는
마을의 아름다운 꽃
말수 적은 그 꽃
언제나 웃는다
가슴은 물 넘치는
화병처럼 출렁거린다

씨 2

민들레는 달빛에 반사되어 늦은 밤의 씨를 가진 씨방을 위하여 목숨 걸기 일쑤다. 코밑에 뽀송한 사춘기 솜털마저 솔깃해질 무렵, 들녘에 알곡 익는 소리가 뒤주 안에서 들려왔다. 농사일에 지친 한숨과 해수 끓는 소리가 생솔가지 타는 연기 하늘에 꼬물거리던 밤, 단칸방 아랫목엔 네 형제가 굴비 엮이듯 잠들었다. 그날따라, 근력의 아버지는 또 한 번 호미질로 야간 경작을 하셨을까. 맞다, 다섯째 막내가 어미 밭에서 출토되었다. 다리 밑에서 주워 온 놈치고 실하게 생긴 '바로 그 놈', 등잔불이 가물가물 이부자리 들썩 들썩 갓 뽑은 무청처럼 아버지의 그 밤은 몹시 푸르둥둥 했다.

고무신

현관에 신 벗으며
아버지가 생각난다

마지막 가시던 날
몸만 빠져나가시고

댓돌 위
대문을 향해
놓여있던 그 고무신

부부

반갑게도 당신 만나
꽃이 되었습니다

구색 갖춘 푸른 나무
열매도 맺었습니다

정 하나 꽃으로 피워
노을에도 붉습니다

하루

풋사랑의 설렘도
지나고 보니
그게 다 설움이었던 것

사랑도 동백처럼
피를 흘리는가

오늘에만 서성이는 삶
자고나면 또
하루만큼 멀어진다

곰방대

아버지의 실루엣
달빛 속에 푸르던 밤

곰방대 재를 털며
기침소리 콜록콜록…

문지방
넘지 못한 채
하늘로 간 그 하얀 연기

애기똥풀

담장 밑 수줍게
장항아리 옹기종기

발목 잡고 엉덩이 들면
노랗게 핀 아가 똥

만져도
냄새 안 나는
귀여운 아가 똥

천 원의 서사

사당역에서 집으로 가는 7770버스 정류장에 갔다
늘 보게 되는 불편한 하체에 자동차 튜브를 감고
땅바닥을 기어 다녀, 휴대폰 지갑에 끼워둔 천 원을
돈 궤짝에 넣어 주었다
버스 타려고 막 발을 올렸는데 폰이 울렸다
식당에 현금카드를 놓고 갔다는 것이다
땀을 흘리며 현금카드를 찾아들고 오며 생각했다

천 원을 도와주지 않고 버스를 탔으면
수원에서 다시 사당을 와야 했다
자동차 쪽창으로 들어오는 바람이
나의 얼굴을 쓰다듬었다

어느 시인의 유서

내가 밤길을 걸으면서도
외롭지 않은 것은
평생을 보아도 변치 않는
북두칠성과 동행했던 길

내가 천수만을 걸으면서도
고독하지 않은 것은
파도소리
밤바다의 밀물 같은 추억

내가 묘지의 상석에 누워서도
잊히지 않는 것은
난생처음 약속한 첫사랑이
유성처럼 사라진 아쉬움

물방앗간 짚불 앞에서도
의심하지 않은 것은
소나기로 젖은 옷 말리던
그때 그 얼굴이 그려져

유령의 상여 집에서도
두려워하지 않은 것은
서로 믿고 의지하는
철옹 같은 사랑과 믿음

내 반백년 전 사랑의 터
연암산이 굽어보고
간월도 일몰이 지켜보는
천수만의 갯벌에 묻어주오

내 죽어 바라는 소원은
두 무릎 오그리고 누워
창천의 별들에게 이야기하는
무릎섬이 되는 것이외다

홍시처럼

가을 하늘 홍시 하나
고향으로 가고 있다

붉은 시詩를 품어
홍시처럼 살다가
그렇게 가고 싶다

단단함 버리고 물렁함으로
너를 사랑하는 일이
떫은맛을 버리는 거였어

433 나누기

둘째 딸 학교에 다닐 때 용돈을 주지 못한 것이
가슴이 아프다며 아내가 유언처럼 말한다
"여보! 이다음에 세 딸에게 4:3:3으로
남은 것 모두 나누어 주자."

쓰러진 병에서 물이 쏟아지듯
가슴이 가을걷이 끝난 들판이다

도지(賭地)*

테니스코트 옆에
음식물 찌꺼기 묻어준 공터에
튼튼한 고추 모가 자랐다

박쥐 이빨 같은 흰 꽃 진자리에
아기 잠지만한 것이
몇 개 달렸다

붉게 익은 고추가 되기를
기다리며 아침마다
물을 준다

보잘 것 없는 식물도
자자손손 대물림으로
은혜를 베풀 줄 안다

늙어 사는 몸 안에
행복한 텃밭이 생겼다

*賭地 : 일정한 대가를 주고 빌려 쓰는 논밭이나 집터

욕심은 아직도 젊다

동토의 겨울 지나 봄을 맞는
앙상한 가지에 잎 피고 꽃 피워
무더운 여름에 단단해진 열매들을
송두리째 내어 주고

세상에는 만물들이
밤에는 이슬 받아 갈증을 풀고
별들과 속삭이며 바람 따라 춤추며
노래하는데

비우지 못한 가슴 안을 채운 욕심은
만족을 모르며 고독으로
사람과 사람 사이에 살아가지만
여전히 나를 무인도에 가둔다

시인의 길

50대 여인이
문학인의 집 앞에
심은 소나무 밑동 주변의
잡초를 뽑고 있다

그녀의 행동이 불편해 보여
살펴보니 우측 마비 장애였다
뇌경색 좌측 마비
아내가 생각이 났다

"아주머니 따뜻한 커피를
타 드릴까요?"
"아니요, 전 커피 못해요."
고운 민낯은 왠지
기운이 없어 보였다

잡초를 뽑는 공공근로라 했다
세상은 뒤죽박죽이다
젊은 여인에게 닥친 불치의 병
소나무 밑에 자리를 잘못 잡은 잡초
늙은 부회장은 임시 직무대리
모두가 제 자리가 아니다

여섯 살 아내

"여보! 잘 잤어요?"
잘 못 잤다는 시늉으로
고개를 가로 젓는다

아내에게 소중한 사람으로
산다는 것이 무엇일까
그녀를 닮은
군자란 꽃에 물을 주었다
오늘이 아내 생일이다

유년 동화

지금 이 길을
침묵으로 가렵니다

모래 언덕을 넘고
계곡을 건너서라도
일용할 양식을 등짐 지고
또 다른 생을 위해
가야 합니다

바로 이 준령을 넘으면
황금 모래알 반짝이고
은물결 춤추는 넘실 바다가
기다리고 있기 때문입니다

몽환적인

먹구름이 몰려들었다
갑자기
섬광이 하늘을 쪼개듯이
천둥 치고
비바람이
땅 깊숙이 뿌리박은
나무를 흔들었다

잔가지들이 잘려 나갔고
견디지 못하는
나무 허리가 꺾이고
뿌리째 뽑혀 나갔다

밤새 상엿집에
도깨비들이 몰려와
오방 난장을 치고
놀다간 자리처럼
어지러운 새벽이 왔다

멀리 보이는 산은
어제 그대로 인데
가까이 보니
거기에도 상처가 덧나 있다

모르고 산다

모래가 바위 시절을 알기나 할까
모래는 늘
바위 시절이 생각나서
사구(砂丘)를 만든다

오늘

유년은 무지개의 꿈
밤하늘 반딧불도 휘리릭 사라지고

활활 타는
청년의 가슴은
노도처럼
사나운 욕망의 활시위를 당겼다

아! 허망한 것들로 채워진
지금이 바로
오늘이구나

2부

강물에 던진 국화

푸르른 날
청무밭 하늘가
하얀 나비 나는 꿈

오솔길

휘적휘적 흔들며
손끝에 풀씨 훑고

망초꽃 흔들리는
산 숲길 걸어가면

누군가
보일 듯 말 듯
따라오는 오솔길

메기의 추억

가지밭 젊은 아낙
손안에 가지 잡고

어둠 속 더듬더듬
잡았던 고추 생각

푸른 밤
꿈틀거리던
메기들의 수족관

고백

가슴에 불던 바람
꽃으로 흔들흔들

피우지 못한 사랑
여물지 않은 아픔

사랑은
바람 같은 것
얼룩 하나 남긴 정

슬픈 나비

하루해 붉게 타는
노을을 바라보면

풋보리 일렁이던
내 고향 장승 생각

흩어진
옷고름 물고
울먹이던 그 아씨

부부 다리

아내가 허벅지를
손으로 쿡 찌르며

돌 같은 당신 다리
탄탄해 정말 좋아

남자는
두 다리부터
늙어간다 말하데

바람의 기억

망막 뒤통수에 흑백 영상 같은
뒷마당 빨랫줄에 하얀 광목 흔들고 떠난 바람
해 질 녘에 초가지붕 스미고 올라간 연기
하굣길 소달구지에 걸터앉아 내려 간 황톳길
그게 모두 바람의 기억

지금은 어디로 어디에 갔나
완행열차 마지막 칸에 앉아
무심한 철길을 바라본다

술(酒)

M 시인 1970년생
나와 30년 차
역사에서 정치에서 문학에서
세대 차가 있다

그의 고향 金泉
나의 고향 서산
10살의 고향은
집 뒤에 산이 있고
앞에 강이 흐르고

해바라기 밑에 서서
손짓하던 순이
양지 토방에 소꿉 차려놓고
여보라 부르던 그 애

사탕수수밭 꼭대기서
까치가 울던 날
서울로 전학 갔지
손안에 잡힌 참새의 가슴처럼
허한 가슴이 여러 날 콩닥콩닥 했지

M 시인이 고개를 끄덕끄덕
창밖에 비는 내리고
엿듣던 주모가 술에는 세대차가
없다는 의미로 조용히
두 잔에 같은 높이로
술을 채웠다

빈터

풀숲을 뛰어 오른 메뚜기
어깨를 짚으며 어디론가 날아가고
하늘을 반쯤 가린 연암산은 그대로
빈터에는 채송화가 마중을 한다

오지항아리 깨진 조각
사금파리 밟히는 바스락거림이
가물가물한 새벽 별을 보는 것 같다
깨진 밥사발에서 수저 긁는 소리

강물에 던진 국화

내 가슴엔
커다란 구멍이 있다

바람이 들락거리고
빗물이 고이고
폐 농가의 아궁이 그을음 같은
흔적 앞에 앉아
잿더미 불씨를 그러모은다

반세기 넘도록 들어본
수화기 속 음성
"살고 싶지 않아요."
"……"
답을 할 수가 없었다

얼마 후
수화기 속 음성
"없는 전화번호입니다."
"……"

소낙비

어느 삼경에
발정 난 암캐를 따라다니듯
바지 끝이 이슬에 젖었고
화선지에 먹물 번지듯 어둠이 스미는
칠흑의 밤

갑자기 쏟아지는
샤워 꼭지 아래 엉켜 젖었다
머리카락 사이로
흑진주 눈빛
두 가슴을
뜨겁게 난타했다

물레방앗간
지푸라기 모아 불을 피우고
어깨에 걸친 붉은 브래지어 끈
지금도 비 내리는 밤이면
가슴이 파도를 친다

빗소리

오랜만에 듣는 양철지붕 빗소리
홀로 듣는 소리에 어머니가 보인다
뒤집은 무쇠솥뚜껑에 녹두전 부치는
소리처럼 따다닥 다다닥 귀가 즐겁다

누렇게 부쳐진 녹두전 어머니 얼굴
전에 맛간장 듬뿍 찍어 입에 넣는다
봄비 맞는 나뭇가지가 푸른 잎 내밀듯
혀끝으로 입술 돌려 입맛 다신다

어느새 커다란 나무처럼 늙어 버린 몸
봄을 기다리는 아이로 꽃밭을 달린다

피아노길

지렁이도 밟으면
꿈틀 하는 건반

밤과 낮 밟고 가도
불평 없는 건널목

파란 눈
깜빡거리며
잘 가시오 잘 가요

천년지기

주목판자 앞에 놓고 대패질로 다듬어
숨은 핏줄 살려내고 옹이에 바람 넣어

대웅전
세 글자 붙여
칼끝으로 도려판다

살아 천년 푸르게 백두대간 소백산
죽어 천년 자리 지켜 태산준령 천왕봉

칼날에
새기고 파여
현판으로 재생 부활

고수(高手)

골동품 수집가가 시골마을을 다녔다

할머니 혼자 마루에서 마늘을 까고 있다
마당을 들여다보니 마루 밑에 고양이가 졸고 있고
그 앞에 고양이 밥그릇이 있는데
이런 분청사기 박지 모란무늬 대접이라니
고양이 밥그릇을 팔라고 말하면
왜 살려고 하나 눈치를 챌 것 같아
궁리 끝에 고양이를 사기로 했다
할머니 고양이가 영리하게 생겼군요
할머니 우리 집에 쥐가
많으니 고양이를 파세요
얼마 쳐 줄 거요
100만 원 드리죠

홍정이 되어 할머니는 돈을 받고
고양이를 팔았다
고양이를 안고 사립문 쪽으로 가던
수집가가 되돌아와서
할머니 고양이는 제 밥그릇이 아니면
밥을 안 먹는다며 마루 밑 고양이
밥그릇을 달라고 했다
그런데 이때 할머니가 말하기를

이봐요
밥그릇 덕에
수십 마리 팔았소

청무밭 하얀 나비

시인의 가슴에는
애벌레처럼 꿈틀거리는
그 무엇이 도사리고 있다

그 씨앗을 정성으로
청무밭에 심었다

푸르른 날
청무밭 하늘가
하얀 나비 나는 꿈

보름달

문상 길
차창으로 보이는 추석 달
하늘을 여는 창 같다

저 달은 알겠지
집에 혼자 있는 아내에게
무슨 소원이 있는지

저 달은 알겠지
고인이 가는 길
꽃길일까 가시밭일까

추석 유감

대낮처럼 밝은 보름밤
하얀 소복을 입은 어머니
두 손 들어 하늘에 합장하며
뒤란 장독대에서
기도 하시던 밤

잠 못 자는 나를 무릎에 뉘시고
하얀 억새꽃 속으로
마지막 떠나시던 어머니
저 달은 아실 게다

가을 동화 1

밤송이 하품하며
알밤을 쏟아낸다

묘지 봉분 위에서
또르르 또 또르르

다람쥐
꼬리 흔들며
알밤 물고 데굴데굴

가을 동화 2

해바라기 바람에
도리질하던 날

해 걸음에 순이도
아버지 따라 떠났다

서울로
전학 간 계집애
어느 댁 할머니일까

아라메*길에 무릎섬을 만들다

하루도 잊지 못하는 고향
거기 탯줄이 묻힌 나의 존재의 시작이 있고
나이테처럼 굵어가는 물관에 가족의 사랑이 흐르고
객지 생활에도 가고 싶던 귀소 본능들

별을 따려 움켜쥔 주먹 수평선 넘어 미지의 세계에 뛰어들던
젊은 날의 강한 모험 앞에 갑자기 나타난 사랑의 흔들림
버려지지 않는 사랑이 있는 곳

유년의 나비가 날고 까치 울음에 시달리던 가죽나무
돌담 골목의 붉은 장미 부모형제 모두가 사라져
오직 흑백 영상처럼 희미하게 그려지는 풍정들
이제 거기에 남은 것은 연암산과 천수만, 멀리 간월암

이제 바라는 소망
천수만 갯벌에 두 무릎 오그리고 팔베개로 누워
낮에는 천궁을 떠도는 꽃구름 되고
밤에는 작은 별로 떠 있으리
밀물이 차오르면 두 무릎만이 견고히 뿌리내린 섬이 되리라

*'아라메'란 바다의 고유어인 '아라'와 산의 우리말인 '메'를 합친 말

단풍 비

처마 밑
고무신에 빗물이 고입니다

당신 잡으려는
가을비가 내립니다

언젠가 싫어도 가야 하니
비나 그치면 가시길

수심 달

건조한 날씨에
마음만 메말라 가고
젊은 날 만지작거리던 사랑

다시는 돌아 올 길 없어
창가에 달린 조각달 하늘만
멍하니 바라본다

휴지

누런 콧물 훌쩍이던 어린 날
뒤통수에 왼손바닥 대고
엄지 검지 하트 만들어
콧물 훑어 버리던 어머니

내 콧물 내 손에 묻으면
더러워 질겁했는데
당신보다 더 사랑한 어머니
두루마리 휴지 구멍에서
어머니가 웃는다

3부

둘이라는 행복

내게 주어진 오늘 하루 바로 지금
세상의 무대 뒤에서
보이지 않는 눈물로 화장한다

광대의 노래

단풍은 햇살에 수줍어 붉어지고
낙엽은 삭풍에 시달려 떨어지니
서럽도록 밟히는 쓸쓸한 추억들

내게 주어진 오늘 하루 바로 지금
세상의 무대 뒤에서
보이지 않는 눈물로 화장한다

꽃물

아침 햇살 아래
홀로 핀 민들레는

찬물 한 바가지 머리에 얹어
머리칼 한 바퀴 휘둘러 뿌리는
그녀의 얼굴이었습니다

깨어진다는 것

차를 마시는 찻잔이 있는데
그만 떨어트려 깨져버렸다
아까워
꽃무늬 찻잔을
물끄러미 바라보았다

사금파리 조각들 하나 둘 주우니
칼날도 있었고 송곳도 보였다
찻잔이 흉기가 되다니
놀라서 다시 본다

동창회 계모임 문학회 모임에서
겉으로 보기에는 모난 곳이 없지만
때때로
불신감 때문에
친목이 흉기가 되다니

꽃

웃음 한 번에
꽃 한 송이 피네

함께 웃으면
너도 꽃 나도 꽃

온 나라
삼천리강산
웃음소리 피어났으면

사람 나무 바람

오로지
그날을 위해
돌 틈에서 기다렸지

붉은 피,
벗겨진 상처
아픔으로 견디고
서릿발
가을 들녘에

잡히지 않는 바람
헛꿈으로 보내고
손금 속
복잡한 미로여

고추

청양고추 배를 갈라 씨를 털어냈다
만두집 여주인 눈에 톡 튀어 들어갔다
갑자기
눈을 싸매고
통증으로 어지럽단다

119 차를 불러 응급실에 갔다
해독제 주사 맞고 시력을 찾았다
작다고
우습게보지 마
큰 코 다친다

시인의 아내

지팡이가 불안한 아내
손을 잡고 따라나선다

수심이 깊은 밤
가지 끝에
나뭇잎이 파르르 떤다

떨어지지 않으려 손에 힘을 준다
"여보! 이 손 놓지 말아요."
나무의 부름켜가 운다

뚫어 뻥

"여보!"
"변기가 막혔어요."
나보다 아내 똥이 굵긴 하다

아무리 물을 내려도
뚫리지 않는다
범인은 똥이 아니라
사각 휴지였다

밤새도록 잠 설치고
속이 거북하단다
아침 7시 마침내
뚫어 뻥이 도착했다
단방에 뻥
뚫어야 아내 얼굴이 산다

30%의 고백

챙기는 일이 힘들 때는
버거워 나도 모르게 화를 내게 된다
"아이고, 내가 죽어야지."
아내가 중얼거린다

그렇게 다투다가도
오래 마음에 두지 않고 풀어진다
이제 늙은 날의 화는 불에 달궈진 쇠꼬챙이처럼
쉽게 사그라진다

며칠 전, 101호 멀쩡한 영감이
돌아가셨다
78세
참으로 허망했다

문득
80세 노인의 생존율 30%라는 기사가 생각났다
나도 언젠가는 떠난다
'아내 보내고 내가 가야 하는데'
혼잣말로 중얼거렸다
101호 영감의 사인은
급성 위암이었다

아내 손잡고 걷는 아파트 산책길
넘어질까 땅만 보고 걷던 아내가
힘들게 얼굴을 들어
"아! 달이 밝구나,
밝은 달아 한 달 만에 보는 네가 아름답구나."

살았다는 것이 고마웠다
어제 떠난 이들에게 없는 길을
오늘 걷고 있다

단풍나무 아래에서

살금살금 소리 없이 다가와
팔목 걸이로 끌어안아
볼 비비던 분 냄새 얼굴

가을바람이 귀밑머리 스쳐
행여 하는 마음에 돌아보니
햇살 품은 낙엽이 어깨 짚는다

모르게 모르게

간밤에 내린 비가 아스팔트를 적셨다
자동차 전조등 불빛 받아 번들거린다
나무를 잡고 있던 잎들이 속절없이 떨어진다
등이 굽은 할머니처럼
센베이 과자처럼 둥글게 말렸다

낙엽은 도대체 어디로 가는가
차바퀴에 치어 바스러진다
발끝에 차이고 밟혀 부스러지는 소리가 들린다
바람에 날고 구르고 하수구로 건물 모퉁이로
나무 밑동으로 숨어 버린다

그림자 속으로 속으로
우리도 낙엽처럼 어디론가
모르게 모르게

사랑의 크기

외출해 집에 오니
책상 위에 빼빼로 한 곽 놓였다
"여보! 이거 웬 거요."
"당신 선물이야."
아내 얼굴이 단풍이다

냉동했던 공주 정안 밤을
고구마와 함께 삶았다
칼로 반을 갈라 T스푼으로
속을 발라 아내 입에 넣어 주었다

아내 입이 돌 지난 아이처럼
밤알만큼 벌어진다
"여보!"
"왜요?"
"할멈에게 밤 속살을 발라 먹이는 영감 있으면 나오라고 해."
아내가 허벅지를 꾹 찌르며
"여기 있지 않아요."

잠자코 고개를 돌려 보니 또 운다

로또 부부

강원도 산골처녀
충청도 갯가 총각

목사님 중매로
장가가고 시집왔어

첫날밤
치르고 나니
정이 들어 살았지

그런데 맞지 않아
하나도 맞지 않아

어쩌다 맞출 때
한두 번 있었지만

지겨워
평생 살아도
못 맞추는 로또야

첫 교신

중학생 누나들과
잠이 든 성탄 전야

머리는 동서남북
이불속에 네 발 모아

눈 감고
자는 척하며
발가락으로 뚜뚜뚜

두 비눗방울의 경계로

내게 아직 촉촉한 사랑이 흐른다
만지면 톡 터질 것 같은 유혹이다
석류 같은 빨간 가슴이다

교양 있는 여인에게 첫사랑을 본다
그 경계를 계산해 보면 50 중반이 좋다
사랑에 대한 경우의 수를 능동으로 알기 때문이다

서로 사랑의 감정을 느낄 수 있다면 만족이다
행복은 그때 기적같이 가슴으로 찾아온다
외줄타기처럼 가끔 흥분과 호기심이다

일시적 쾌락보다는 높은 이상으로 꿈을 꾼다
그 꿈은 아이가 허공에 만드는 비눗방울이다
두 개의 비눗방울이 터지지 않는 거리로 좋다

사랑에 목숨을 걸만한 이유 있다

늦가을 이슥한 밤 공동묘지 귀퉁이
도깨비 불꽃 가루 제멋대로 곤두박질

저 멀리 대문 밖에 화장실 찾아가는
머리끝 잡아끄는 달그락 달걀귀신

죽을 동
이를 악물고
볼일 보던 어린 날 밤

남들이 오지 않는 상여 집 숨어들어
울긋불긋 천 조각 바람에 펄럭인다

며칠 전, 목 매죽은 노총각 하얀 허상
늘어진 혀 깨물고 거친 숨 몰아쉰다

목숨 건
남녀 사랑에
몽달귀신 달아난다

떨어지고 떠나고

낙엽을 본다
높은 곳에 있는 놈이나
낮은 곳에 있는 놈도
떨어져 바닥에 눕는다

동장군 칼바람에
견디지 못하는 나약한 것들이 떨어진다
다소 시간의 차이가 있지만
결국은 하나 둘 힘없이 떨어진다

어떤 이는
감옥에 갇히고 또 세상을 떠나고
결국 힘없는 잡풀과 함께 묻히고 떠난다

시인은 낙엽을 생각하고
청소미화원은 낙엽을 비질하고
돌아서면
또 우수수 떨어지는 낙엽을 쓸며
생각을 쓸며

가을 연가

가는 길 재촉하듯
중심 잃은 낙엽이
허공에
손 흔들며 떠났지

삽교역 철로 따라
늘어진 전신주에
매달린 기적소리

서럽게
키 낮추던 가을 하늘
비 내리는 플랫폼

굽은 길, 모롱이로
열차는 떠나가고
외롭게
나무 되어 서있는
너와 나

까치밥

칼바람을 이기고 따뜻한 봄을 맞아
고이고이 접었던 푸른 잎 싹틔우고
오뉴월
잎 속의 열매
그늘 속에 품었지

튼튼한 가지로 폭풍우 견뎌내며
육질이 단단하게 푸른 열매 살찌우고
떫은맛
시간에 우려
단맛으로 익힌다

그물망 매미채에 낚시질 당하면서
씨종자 지키려고 우듬지 파르르르
대 이을
숨겨진 종자
홍시라도 남긴다

동행

정오 햇살이
지팡이 짚고 걷는 나의 달분 씨
넘어질까 뒤따라 살피며 걷는다

65년 개천절 선보고 20일 후 약혼식
40일 만에 그해 11월 13일
을지예식장에서 결혼식
훈련을 방불케 했다

중풍으로 7년째 고생하는 아내
단풍잎이 길에 깔리고
머리 어깨에 진다

신혼 때
전쟁터에서 살아 돌아온 병사처럼
하루의 끝이 붉은 노을에 이글거리듯
마지막 고개에 서서
새날을 향해 2인 5각으로 걸어간다

위대한 겨울에게

겨울의 차가움이
추위를 이기려 가냘픈 어깨 위에
외투를 함께 걸쳐 서로의 체온으로
인적 없는 길로 걸었다

자정을 넘어 깊어가는 새벽
하루 종일 햇볕 받은 묘지 앞 상석은
안방 구들장처럼 따뜻했다

북두칠성은 서북으로 기울고
은하수 별무리 흐르는 밤

상석은 식어가고 사랑은 더워지고
여명을 알리는 예불소리에 매듭 풀린
사랑은 점점 열기를 더한다

겨울나무 등대

영하의 차가운
밤바다를 밝히는 등대를 생각한다
바다의 길잡이 흰옷 입은 등대와
겨울바다는 더 외롭다

수학여행 마치고 밤늦게 오는 날
호롱불 들고 마중 나온 아버지

모두 잠든 밤에도
등대지기는 겨울나무처럼
짙푸른 외로움이다

둘이라는 행복

설레는 사랑도 이제는 사치
고마운 것은 늙지 않고
혼자 거동함을 감사한다

마지막 잎사귀가 달을 잡아둔다
가던 길 주춤,
뒤돌아보던 아내의 얼굴에
수줍은 봉선화 꽃물 번진다

4부

겨울나무에게

처음 보았던 그 꽃
잠시도 잊을 수가 없어
날마다 찾아간 그 꽃

첫 향기 못 잊어
늙은 나비 한 마리
사방을 날아다녀도
그 꽃 볼 수가 없네

가난한 우정

50년대
초근목피로 넘던 보릿고개
허리띠 구멍이 한 칸씩 줄었다

양키 껌 단물 빠지도록 씹다
책상 밑에 숨겨두면
훔쳐 씹었던 그 짝꿍 친구

회갑이 넘어 만난 그가
나의 정년퇴임 축하연을
하얏트 호텔에서 베풀었다

갑부가 된 친구
고향 친구를 불러
잔치를 베푼 은혜 고마웠다

겨울나무

뿌리가 뽑혀 나갈 것처럼
이파리 몇 잎으로
가진 잎 모두 내주고
홀로 서있는 벌거숭이
그때 나의 계절은 겨울이었다

그 겨울은 풋풋하다

한기를 느끼는 겨울
햇살 눈부신 연암산 눈길
그녀와 걷는 기분에 당당한 사내

무릎을 덮는 눈길은 산길을 낳고
때로는 마주 보고
구르면서도 놓을 수 없는 손

무게를 견디지 못하는 솔가지
쌓인 눈을 내려놓을 때
고요를 깨트리는
산 꿩 푸드덕 날고
지금도 그 겨울의 사랑은 풋풋하다

리모델링

할아버지 따라 아버지도 가시고
아들과 딸들이 또 손자와 손녀들이 뒤따라오겠지

세상일이 시루떡처럼 낙엽이 묻히듯이
묵은 잎 위에 새 잎으로 묻히고 돋아난다

땟국물이 흐르고 낙서로 얼룩진 벽지는
새로운 벽지로 어둠 속에 풀칠하고 사라진다

사랑이 내게 실눈을 뜬다

손톱 달 이우는 밤
쪽창 너머 별들이 소곤대고
가슴 깊이 접힌 사랑이
청무밭 노랑나비로 펄럭인다

송이송이 함박눈 흩날리다
귀 울음으로 파고들어
봄 아지랑이 속에 실눈을 뜬다

팥고물처럼 씹히는 추억

그냥 좋다
첫사랑이 더더욱 그렇다
고향 마을 이웃에 사는 처녀와
빠졌다

그때마다
어머니는 묵은 지 찢어 수저에 올려
한입에 넣어 씹으며
"야! 눈이 삐었냐?"
"이 한심한 것아 쎄 구 쎈 것이 여잔디"
"눈에 콩 껍질 씌웠어"
그렇게 야단을 치셨다

밥을 굶어도 배고픈 줄 모르고
하루만 못 보아도 속이 숯이다

시루떡 팥고물처럼
씹히는 추억이 있어 행복하다

까치놀

여름날 오후 갈대 그늘에 앉아
성난 군중처럼 밀려오는 수평선 물때
햇살이 눈부시도록 화살처럼 꽂힌다

숭어 떼들이 놀아나고
마지막 타는 바다가 붉어질 무렵
갈매기 작살질에 하늘에서 빛이 튄다

언제나 궁금했던
수평선의 까치놀 넘어 새 세상을
보는 가슴은 바다처럼 하늘처럼 끝이 없다

베개

아파트 분리수거장
배 터진 베개의 메밀껍질에서
신혼부부 깨 볶는 소리 들린다

한때는 신혼 방 이부자리 속에
대접받던 베개의 주인공이
다시 못 올 초행길을 떠났나 보다

목화 꽃 길쌈으로 만든 베개에서
친정어머니 기도소리가
바느질 자국에서 들린다

우리의 한 생을 돌아보니
세상에 올 때와 갈 때가
베갯머리 꿈처럼 서럽다

시금칫국

반신을 쓸 수 없는 중풍 아내가
7년 만에 시금칫국을 끓였다

절뚝절뚝 발을 끌고 다니며 한 손으로
시금칫국을 끓이겠다는 의지가 내게는 기적이다

시금칫국 뜨는 밥 수저에 시금시금 눈물이 고였다

그 꽃

처음 보았던 그 꽃
잠시도 잊을 수가 없어
날마다 찾아간 그 꽃

첫 향기 못 잊어
늙은 나비 한 마리
사방을 날아다녀도
그 꽃 볼 수가 없네

수천 번의 날갯짓에
찢긴 비늘 조각들이
바람에 부딪쳐 쏟아져 내린다

낯선 길의 장승처럼
먼 날의 환상을 그리며
겨울 나비가 되어
끝없는 설원을 찾아 떠돈다

나의 고향 나의 아버지

명치끝에 숨은 고향을 잊을 수가 없다
손을 뻗으면 잡히는 고향
발자국 뛰면 갈 수 있는 고향인데
고향에는 모두가 낯선 사람이 힐끔 거린다

어려 살던 집터에는 낯선 덩치 큰 집이 들고
동구 밖 돌담길도 집 앞 개가죽 나무도 떠났다
묵직하게 하늘을 받친 연암산은 옛 그대로
수덕사 말사 천장암을 품고 있다

암자 마루에 걸터앉아 건너본 천수만 갈월암
눈 비벼 바라보지만 가물가물 짐작으로 본다
6학년 1박 2일 수덕사 수학여행 쌀 두 됫박
짊어지고 넘던 30리 산길도 달라지고

아버지 연산의 고향 친구가 찾아오면
하룻밤 자고나서 해 뜨는 아침 뒷산에 올라
들녘 내려 보며 친구에게 허풍쟁이 아버지
"한쪽 눈 가리게, 보이는 게 내 땅 일세."

밤이면 그놈의 해수 때문에 콜록콜록
그칠 줄 모르는 기침 바튼 숨소리
등잔불 간들거리고 장지문의 아버지
그림자도 고슴도치처럼 굽는다

갈비를 먹을 때면 농사꾼 합죽이
우리 아버지 생각이 더 깊어진다
고기 한 점 입에 넣고 잇몸으로
턱을 유난히 움직여 고기를 씹던 아버지

객지 떠돌기 60년 자리 잡은 수원
가보정 명품 갈비 먹을 때면 생각나는 아버지
임플란트 해 드리고 갈비를 대접하고 싶다

앞으로 수년이 지나면 고향이란 단어
국어사전 속에서 뜻을 찾을 날
멀지 않을 거라는 생각이 더더욱 슬프다

설날이 낯설다

왁자지껄
여명을 뚫고 들려오는
수많은 사연들을 풀어놓는다

두 늙은이로 고적하고 텅 빈 공간에
밀물처럼 앞 다투어 문수 큰 신발들이
입구 현관에 한입을 크게 벌리고 있다

하루해 지기도 전에
새끼 끼고 떠나간 빈자리를
채우는 고요
썰물 빠진 갯벌에 말뚝처럼 외롭다

낙엽이 내게 말한다

나는 누구인가
어디서 왔는가
칼바람 에이는 언덕 위 나무를 본다

봄이면 잎이 피고 청년의 5월 지나
폭염에 꽃피는 장년
가을 노년이 깊으면
울긋불긋 상여 타고 떠나듯이
가진 잎들 떨쳐버린다

그렇게 많은 인연들이 삭풍에
속절없이 사라지고 묻혀 간다
누가 나를 잡고 있는가?
이제 곧 놓을 날 언제일까

문상 다녀오는 날
스치는 것이 덧없고 무상한 우리 삶
낙엽이 지듯이 떠나가고
또 봄이면 새 잎 피고 또 지는 것인가

왜 사랑 詩에 매달리는가

평생을 살아가며
소중한 것은
삶에서 사랑을 느끼는 것

시인은 사랑의 詩에 매달린다
행복 텃밭이 사랑이기 때문이다

경로당 앞 늙은 갈매기

오이도 공원 안에 오이도 경로당
아침부터 저녁까지 노인들의 놀이터
늙은 몸
일할 수 없어
무의도식 미안하다

오이도 방파제 앞 늙은 갈매기 보금자리
관광객이 던져주는 과자로 연명한다
자맥질
자신이 없어
갯벌에서 맴돈다

청청한 젊은 날은 꿈처럼 지나가고
창가에서 바라보는 늙은 갈매기처럼
저 하늘
쪽빛 바다를
마음으로 그린다

꿈으로 찾아온다

파도가 멍석처럼 밀려오는 백사장

맨발로 폴짝일 때 춤을 추는 청치마

선녀가
파도 속으로
나풀나풀 길을 낸다

공범자의 약속

엄동설한 긴긴밤 사랑방의 총각들

풀뿌리 나무껍질로 연명하던 보릿고개
겨울밤은 깊어가고 배가 고픈 뱃속에서 개구리 부글부글
다섯 총각 모여 앉아 모의한다
칠득이 병달이 용팔이 점백이
귀머거리가 얼굴을 맞대고 소곤소곤 닭 잡아먹기로
손에 손등을 포개어 배반하지 않기로 약속한다
다섯 놈 중에 남아서 물 끓일 놈을 뽑기로 정한다
사전에 눈짓 손짓으로 뺀질이 용팔이가 뽑아
남도록 작전을 짠다
용팔이만 남겨 두고 네놈이 닭서리를 간다
전문가 병달이는 닭을 훔치고
점백이는 모가지 비틀고 칠득이는 자루에 담고
귀머거리는 망을 본다
닭 세 마리를 다섯 놈이 배가 터지도록 먹었다
그중에 용팔이가 오늘 일은 절대 비밀이라 약속하자 큰소리친다

그때에 병달, 이 쑤시며 용팔아 너의 닭이여

겨울나무에게

연모는 앙상한 겨울나무에서
꽃을 보는 것이다
하나, 벌 나비는 꽃을 가리지 않는다
눈에 보이는 꽃은 잠시이다

꽃보다 소중한 꿀과 향기가
필요하기 때문
사랑은 달콤한 꿀과 향기
겨울나무에게 사랑을 본다

보리밭 궁전

밥 짓다 말고 늦게 나온
우리 어머니가 묻는다
"무엇 땜 시, 그런 디아."
"아! 글쎄 어젯밤 어떤 년 놈이 보리밭 다 결딴냈대요."
"어떤 놈이 연애질 헌 겨?"
병득이 어머니가 큰소리다

푹신한 보리침대 위
별들 지켜보고
둥지 종달새도 웃는다
지금 나도 웃는다

그날의 기억

나는 고교 일심회 멤버다
언젠가 혼자 하교하던 날
칠성파 7명과 홍주성
남문 밖에서 만난다
1:7 승산이 없다
두목에게 꿇었다

대들보 부서지는 집처럼
자존심이 무너졌다
그 부끄러움 치욕의 날
1:1 맞장의 날이 왔다
철교에서 달려오는 기차를 마주했다
철교 아래로 내려가면 패한다

증기기관차가 달려온다
100미터 50미터 가까이 온다
30미터 저승으로 가느냐의 순간
그때 상대가 먼저 내려간다
나도 목숨을 건진다

결국 내 앞에 무릎 꿇는다
손을 내밀어 악수를 청한다
졸업 후 만날 수가 없었다
젊은 날 자존심은 생명이다

기다림

저녁노을 속으로
둥지 찾아가는 새들
고독은 갈대숲에
머문다

기다리지 않는 어둠이
나를 멀어지게 감춘다
그래도 기다림은 행복
사랑은 오래 참고

해설

마음의 고향과 사랑의 열정
그리고 끝없는 창작의 길

윤형돈 시인

마음의 고향과 사랑의 열정
그리고 끝없는 창작의 길

윤형돈(시인)

 단 하루도 매순간을 허투루 보내지 않고 메모한 시 조각을 다듬고 보완하여 냉정한 컴퓨터 자판을 두드리며 새벽을 깨우고 있을 노 시인의 모습이 불을 보듯 환하다. 낮 동안은 몸의 균형이 형편없이 무너져버린 아내를 정성으로 보양하고 살피다가 이슥한 밤이 되면 겨우 아내를 진정시키고 그녀가 잠이 들어서야 비로소 작가 본능이 발동하여 흡사 詩 도둑인양 웅크린 자세로 아직은 미완의 언어를 돌 판에 새기듯 서각 하는 장인(匠人)의 모습 말이다. 어쩌면 평생을 기다려도 오지 않는 고도를 기다리는 처연한 몸짓일지라도 이젠 몸에 배어 어쩔 수가 없나보다. 그것은 하루도 거르는 일 없이 테니스장으로 달려가 자신의 체조직을 단련하는 노후의 비장미와도 같다.
 이젠 일상적인 일로 일기 쓰듯 혹은 반성적 사고로 참회하듯 글쓰기는 그에게 어떤 의미를 가질까. 현실의 고달픔을 잊는 도

피수단이기도 하겠지만 그보다는 내면 깊숙이 침잠하는 시간이 되지 않았을까. 글쓰기란 그에게 세상과 당당히 소통하는 창구다. 그러기 위해서는 가면을 벗고 알몸을 드러낼 만큼 진정성이 담겨 있어야 공감을 끌어낼 수 있음도 체득하였다. 그의 진면목은 파란만장한 인생역정이 밑거름이며 시의 자양분이다.

공감을 획득하려면 역시 간결한 비유와 상징, 더욱 은유가 숨어 꿈틀거리는 시어로 대응해야 한다. 그렇게 풀어쓰고 설명하는 서사 욕구를 단번에 억제하기란 정말 어렵다. 그래서 그는 결국 서사의 본령인 소설 쓰기에 돌입하고 싶어 한다. 어쩌면 서정과 서사의 경계를 넘나드는 지점에 지금 와 있는 지도 모른다.

자고로, 시인의 존재는 무엇인가?

그는 한 편의 시로 새로운 신세계 하나를 낳아야 할 줄로 깨우치는 자이다. 그 깨달음이 크고 깊으면 한 알의 모래에서도 전 우주와 세계를 보고, 한 송이 들꽃에서 하늘을 보며, 한 순간에 영원을 품는 경이의 기쁨을 맛보게 될 것이다.

장기간 가뭄에도 모질게 살아간다
자리를 잘못 잡은
굳세게
메마른 땅에
뿌리박고 자란다

머리채 부여잡고 뽑아도 땅을 잡고
살점이 떨어지고 핏물이 떨어져도
땅 속에

뿌리는 뻗어
서로 엉겨 잡는다

몸뚱이 동강 나도 땅을 놓지 않는다
축구공 크기만 한 흙덩이를 달고 나와
씨, 몇 알
호미 등 뒤에
쏟아놓고 뽑힌다

-「씨 1」 전문

 어느덧 노 시인의 몸에 밴 날카로운 관찰과 사색으로 이끌어
낸 시적 발상의 결과이다. 시의 소재는 날마다 출입하는 테니스
장 울타리 어귀에 돋아난 '쇠비름', 어린 날 고향에서 숱하게 보
았을 그 식물이 그 날은 시인에게 경이의 대상으로 다가왔다.
잔뜩 메마른 땅 속에 뿌리박은 하찮은 그 놈을 뽑아내자니 그날
은 왠지 그의 마음까지 심란하게 엉겨 붙는다. 그것은 돌연 인
간의 몸뚱이로 감정 이입되어 '머리채, 살점, 핏물'이라는 생명
체의 시적 변용으로 이어진다.
 결국은 '씨, 몇 알 호미 등 뒤에 쏟아놓고' 뽑히는 장렬한 최후
를 목격하고야 만다. 그러나 시인은 여기서 죽기로 마음먹으면
산다는 사즉생(死卽生)의 처절한 외침을 들었다. 씨는 씨앗과 종
자로 번식하는 생명의 근원이 된다. 단단한 껍질에 싸여 있다가
싹이 터서 새로운 개체로 거듭나는 것이다.
 씨받이로 배태하면 고갈된 불임의 상상력에 재생의 활력을 줄

수 있다. 무엇보다 이 시의 소재로 설정된 '쇠비름' 효소를 섭취하면 혈관이 건강하여 뇌세포 재생과 동맥경화 예방에도 좋다지 않은가. 쇠비름 '씨, 몇 알'에서 생성과 소멸이라는 순환의 원리를 호미 등 뒤에 쏟아 놓고 있자니 문득 6·25 참화 속에서 다리를 절단해야할 위기에 놓였던 시인의 어렸을 적 절규가 들려온다.

전쟁놀이 한답시고 탄피를 줍다가 절대 위기를 자초한 십대 소년에게 한 쪽 다리 없는 삶은 곧 죽음이었다. 그때 건강한 종자가 배태하지 않았다면, 오늘 날 아내와 자식은 물론, 그의 사전에 '종(種)의 기원'은 아예 존재하지도 않았을 것이다.

입원 후 아내 몰골
수세미 속 그물망 같다

54년 바라본 추레한 그 모습
새댁 적 꽃 미소 아슴아슴하고
기죽은 짚신처럼 고개 숙인 민얼굴로

"내가 너무 아파 미안해요."
"......"

애면글면하다

─「가시버시」전문

'가시버시'는 부부를 정답게 또는 귀엽게 이르는 말이지만, 이 시를 읽노라니 왠지 바늘처럼 뾰족한 '가시(thorn)' 같은 이미지에 몸서리쳐진다. '가시처럼 깊게 박힌 기억은 아파도 아픈 줄 모르고 그때 기억이 지난 사랑이 내 안을 파고드는 가시가 되어 나를 괴롭히는 데' 지금 아내의 몰골은 54년 전 꽃 미소는 다 어디 가고 '수세미 속 그물망'의 누추한 몰골로 변해 있다. 그리고 너무 자주 신음하고 아프니 남편에 대하여 한없이 미안하다. '내가 너무 아파 미안해요' 이 한 마디에 남편 가슴은 또 말없이 무너진다. 허술하여 보잘 것 없고, 궁상스러운 그 '추레한' 모습을 바라보는 시인의 눈에 비친 아내의 자태는 그래서 애면글면, 힘에 부쳐 간신히 애쓰는 모양새로 다가온다. '추레한, 애면글면' 등 무봉 시인의 언어 선택이 괄목 성장하였음을 발견한다.

타산지석으로 날마다 가던 길을 멈추고 옆에 있는 사람을 가만히 바라본다. 평소 보이지 않던 것이 보인다. 같은 방향으로 같은 길을 천천히 함께 걸어가는 사이가 이 시의 제목인 '가시버시', 즉 부부다. 무엇보다 우리를 변하게 하는 것, 그것은 오직 사랑일 터이다. '처, 마누라, 집사람, 안사람, 여편네, 여보'라고 호칭되기도 하는 그 사람, 무릇 세계를 제패한 당신의 머리 위에는 마누라라는 패권자가 있다. 대저 아내를 얻는 자는 복을 얻고 여호와께 은총을 입은 자라 하였다. 네 샘으로 복되게 하며 젊어서 취한 아내를 즐겁게 하라는 명령이었다.

현관에 신 벗으며
아버지가 생각난다

마지막 가시던 날
몸만 빠져 나가시고

댓돌 위
대문을 향해
놓여 있던 그 고무신

─「고무신」전문

　사르트르는 아버지가 없이 자유롭게 자랐지만, 그로 인해 자신의 존재가 정당화 되지 않는 '잉여인간'이란 자의식에 시달렸다고 한다. 한편 유복자인 나에게도 아버지의 부재는 평생을 존재론적인 불안에 시달리고 방황하게 하는 요소였다. 이 글의 화자는 '현관에 신 벗으며' 이미 세상에 없는 아버지를 생각한다. 아버지가 '마지막 가시던 날'도 댓돌 위에 그 분의 고무신만 놓여 있었다. 몸만 빠져 나간 아버지의 형체와 댓돌 위에 덩그러니 놓인 고무신, 그것은 곰방대 재를 털며 기침 소리 콜록콜록 하시던 유년시절의 풍경과 겹친다. 문지방을 넘지 못하고 하늘로 간 그 하얀 연기에 대한 비애가 짙게 배어 있다. 농사일에 지친 한숨과 밤새 해수 끓는 소리가 생솔까지 타는 연기로 마당 하늘가에 맴돌던 시절이었다. 갓 뽑은 무청처럼 푸르뎅뎅했던 젊은 날 아버지의 단칸방 아래 네 형제가 굴비 엮이듯 가난했으나 행복했던 날들이었다.
　무봉 시인은 평소 '꿈에 본 내 고향'을 즐겨 부르셨다. 시인은 지금, '댓돌 위 대문을 향해 놓여있던 그 고무신'이 그리워 하염없이 속울음을 운다.

　반갑게도 당신 만나
　꽃이 되었습니다

　구색 갖춘 푸른 나무
　열매도 맺었습니다

　정 하나 꽃으로 피워
　노을에도 붉습니다

　―「부부」 전문

　부부로 산다는 것은 옷깃만 스쳐도 인연이라 누가 말했나. 전생과 내생은 뒤로 하고 현생에 충실하고자 애쓰는 것이 부부의 의무란 말은 너무 가혹하다. 전생은 알기가 어렵고 내생은 더더욱 이해하기 어려우니 그렇게 하라고 타이른다. 그러나 금생에 불행하게도 '악의 꽃'을 만난 인연은 어쩌나? 상사화끼리 만나 구색을 갖추면 희희낙락 푸른 열매도 맺는다는 데, 등가죽이 터져라 울어대는 매미의 여름은 누가 달래나? 동박새가 없는 동백나무, 낙타가 없는 사막의 한숨은 또 누가 위로하고 반 평도 채 못 되는 너의 살갗 차라리 빨려 들고 만 싶던 막막한 나락은 이제 영영 아련한 기억 속에서 사라지는가? 천 번을 내리치던 생의 날벼락은 언제나 다시 찾아올 것이며 날마다 헐거워지는 너의 팔 안에서 오히려 너로 가득 찬 나, 나는 텅 빈 너. 이제는 한

갓 괴로울 뿐, 얄밉도록 맹랑한 '정 하나 꽃으로 피워' 석양 노을 손잡고 황혼 길을 갑니다. 저 노부부를 위해 누군가의 절절한 외침을 대언(代言)한다.

사랑 앞에 무릎 꿇은 당신
당신 앞에서 옛사람을 불러 내지 않으리라
지난 날 보다 오늘을 위해 미소 짓고
사랑한다는 말을 자주 하리라
당신의 손을 잡고 가 보지 않은 골목 끝까지 가 보리라
밤이 오면 하늘을 보고
당신과 내 별을 찾으리라
북두칠성이 그 자리에 있는 것을 보면
사랑의 언약을 맹세하리라
돌아와서는 당신의 목욕을 돕고
젖은 몸을 마른 수건으로 닦아주리라
당신을 위하여 음식을 만들고
식탁에 앉으면 감사의 기도를 올리리라
내 상처로 인하여 더 이상
당신을 아프게 하지 않으리라
사랑 앞에 무릎 꿇은 당신
당신의 이름을 더 많이 부르리라

사랑은 관심이다. 말로는 꽃을 사랑한다고 하면서 물을 주지 않는다면 꽃을 사랑한다고 믿지 않을 것이다. 사랑하는 대상의 생명과 성장에 대한 관심이 없으면 사랑도 없다. 아내가 남편

허벅지를 쿡 찌르며 내뱉는 말, '돌 같은 당신 다리 정말 탄탄해
좋아' 탄탄대로 부부 다리를 자랑하던 시인의 아내를 생각한다.

내가 발길을 걸으면서도
외롭지 않은 것은
평생을 보아도 변치 않는
북두칠성과 동행했던 길

내가 천수만을 걸으면서도
고독하지 않은 것은
파도소리
밤바다의 밀물 같은 추억

내가 묘지의 상석에 누워서도
잊히지 않는 것은
난생처음 약속한 첫사랑이
유성처럼 사라진 아쉬움

물방앗간 짚불 앞에서도
의심하지 않은 것은
소나기로 젖은 옷 말리던
그때 그 얼굴이 그려져

유령의 상여 집에서도
두려워하지 않은 것은

서로 믿고 의지하는
철옹 같은 사랑과 믿음

내 반백년 전 사랑의 터
연암산이 굽어보고
간월도 일몰이 지켜보는
천수만의 갯벌에 묻어주오

내 죽어 바라는 소원은
두 무릎 오그리고 누워
창천의 별들에게 이야기하는
두 무릎섬이 되는 것이외다

—「어느 시인의 유서」부분

　죽음에 임하여 남기는 글은 비장할 수밖에 없다. 이 글에서
'어느 시인'이 세상을 떠날 때에 읊는 절명 시(絕命 詩)의 공간은
그의 고향이 주된 무대다. 즉, '연암산, 간월도, 천수만' 등의 지
명은 곧 그가 젊은 날 사랑을 싹 틔운 '사랑의 터'로 지정된 고유
장소다. 어쩌면 일생을 살면서 시인의 정수리에 오롯이 각인된
것들의 결정체로 그가 자주 이따금 반복적으로 사용하는 시편
들 행간에 숨어있는 것들로 예로부터 다 전하여 내려오는 그럴
만한 충분한 까닭과 내력을 지니고 있었다. 천수만을 산책하며
건져 올린 '밤바다의 밀물 같은 추억'과 '물방앗간 짚불' 앞에서
젖은 옷을 말리던 그때 그 얼굴하며, 더욱이 '묘지의 상석'이나

'상여 집'에서의 사랑 유희는 남녀상열지사의 극점으로 절대적인 믿음과 두려움 없는 사랑의 발로인 것이다. 사랑 안에 두려움이 없고 두려움에는 형벌이 있다는 절대 사랑의 원리와도 상통한다.

북두칠성에 맹세했던 약속은 마지막 두 연(聯)에서 집약된다. '연암산이 굽어보고 / 간월도 일몰이 지켜보는 / 천수만의 갯벌에 묻어주오'란 표현과 같이 그의 마지막 소원은 '무릎섬'이 되는 것이다. 무릎 꿇고 간절히 기도해야 할 제목들이 무엇인지는 오로지 가슴앓이 시인만이 알고 있다. 창천의 별들만큼 무수한 이야기는 마침내 무릎섬이 되어 그곳에 영원히 살고 있을 것이다. 스쳐간 인연과 상처받은 사랑에게 무릎섬이 되어 기도해 준다니 지구상에 이보다 멋진 유언은 없겠다.

가을 하늘 홍시 하나
고향으로 가고 있다

붉은 시를 품어
홍시처럼 살다가
그렇게 가고 싶다

단단함 버리고 물렁함으로
너를 사랑하는 일이
떫은맛을 버리는 거였어

－「홍시처럼」 전문

우리의 연수가 70이요, 강건하면 80이라도 그 연수의 자랑은 수고와 슬픔뿐이요, 신속히 가니 우리가 날아간다고 전도자는 탄식하였다. 늦은 가을의 풍상, 찬 서리와 비바람에 비로소 익은 감은 아름답다. 시인의 말대로 '홍시처럼' 살다 간다는 의미는 무엇일까 홍시처럼 가슴에 '붉은 시' 하나를 품으면 그렇게 될까? 의문에 대한 답은 마지막 연에 드러난다. '단단함 버리고 물렁함으로' 아니 누군가를 사랑하는 일이 '떫은맛'을 버리는 거란다.

아닌 게 아니라, 풋풋한 첫사랑은 떫은맛이지만, 성숙하게 무르익어야 비로소 사랑의 단맛이 배는 홍시처럼 시를 쓰고, 홍시처럼 감미롭게 사랑하다가 홍시처럼 한 입에 장렬하게 죽는다면 고향으로 귀향한 말년의 얼굴엔 어느덧 시설(枾雪)이 내려앉아 곶감과도 같이 또 다른 생의 모습으로 남아있지 않을까 생각된다. 시인의 다양한 경험을 재구성하여 '홍시'라는 은유적 사고로 제반 현상을 결합하고 동일시하고자 하는 욕구가 암시적으로 나타나 있음을 목도하게 된다. 눈앞에 펼쳐진 사물의 이미지를 마음의 거울에 안착시켜 '언어는 짧게, 침묵은 하염없이 긴' 초장(初章)의 마음을 끝까지 견지하고 있으니 말이다. (가을 하늘 홍시 하나 / 고향으로 가고 있다)

동토의 겨울 지나 봄을 맞는
앙상한 가지에 잎 피고 꽃 피워
무더운 여름에 단단해진 열매들을
송두리째 내어 주고

세상에는 만물들이
밤에는 이슬 받아 갈증을 풀고
별들과 속삭이며 바람 따라 춤추며
노래하는데

비우지 못한 가슴 안을 채운 욕심은
만족을 모르며 고독으로
사람과 사람 사이에 살아가지만
여전히 나를 무인도에 가둔다

　　—「욕심은 아직 젊다」 전문

　비우지 못한 욕심 때문에 자신을 '무인도에 가둔다'는 의미는 무엇일까? '동토의 겨울 지나 봄을 맞는' 사계절의 순환 속에 시인은 쉽사리 적응하지 못 하는 시인 특유의 기질 탓일까? 그것은 아마도 삶의 파편을 통해서 보다 근본적인 것을 통찰하는 힘으로 읽힌다. 무인도는 아무도 살지 않는 공백의 섬이 아니라 무정형하게 떠도는 '익명(匿名)의 숲'이다. 그곳에 가면 홀로이 '이슬 받아 갈증을 풀고' 별들과 속삭이는 바람의 노래를 부르게 된다. 영혼에 푸른 불꽃을 불어 넣던 불후의 입술도 허공을 키질하는 바야흐로 바람 한 자락의 공간이다. 그곳에 가야 비로소 육지에서 시인의 몸이 기억하는 말, 뼛속에 새겨진 그의 말, 그의 생각을 찾고 희열을 느낄 수도 있다.
　어느 시대나 시인의 정신은 쇳물을 끓이는 용광로이기에 욕심

을 끊고 그곳에 가면 모든 불순물이 제거되고 새롭게 태어난 갱
생의 맥박을 들을 수 있으리라. 서로 지지고 볶던 사람들 사이
에도 섬이 있음을 비로소 깨닫게 되는 이치와 같은 것이다.

50대 여인이
문학인의 집 앞에
심은 소나무 밑동 주변의
잡초를 뽑고 있다

그녀의 행동이 불편해 보여
살펴보니 우측마비 장애였다
뇌경색 좌측 마비
아내가 생각이 났다

아주머니, 따뜻한 커피를
타 드릴까요?
아니요, 전 커피 못 해요
고운 민낯은 왠지
기운이 없어 보였다

잡초를 뽑는 공공 근로라 했다
세상은 뒤죽박죽이다
젊은 여인에게 닥친 불치의 병
소나무 밑에 자리를 잘못 잡은 잡초
늙은 부회장은 임시 직무대리

모두가 제 자리가 아니다

－「시인의 길」전문

  시의 구조와 기원에 대해 과감하게 접근하는 매혹적인 영화가 있었다. 세계적인 시인과 작은 섬의 우체부와의 우정과 사랑에 관한 한 폭의 시를 연상케 했던 바로 '일 포스티노'는 우체부란 뜻으로 그가 좋아하는 여인의 사랑을 얻기 위해 자기가 배웠던 시를 통해 마음을 전달하는 에피소드들이 바닷가를 배경으로 아름답게 펼쳐진다. 위대한 시인에게 전해진 수많은 편지들과 함께 전해진 두 사람의 시적인 교감은 오래두고 시상의 자양분으로 성숙해 가고 있었다.

  내가 그 나이였을 때
  시가 날 찾아왔다
  난 그게 어디서 왔는지 모른다
  그게 겨울이었는지
  江이었는지
  언제 어떻게 인지 나는 모른다
  그건 누가 말해 준 것도 아니고
  책으로 읽은 것도 아니고
  침묵도 아니다
  내가 헤매고 다니던 길거리에서
  밤의 한 자락에서
  뜻하지 않은 타인에게서

활활 타오르는 불길 속에서
고독한 귀로 길에서
그곳에서 나의 마음이 움직였다

평소 문학인의 집을 자주 왕래하는 시인의 눈에 그날은 그 집 앞에 심은 소나무 밑동 아래서 잡초를 뽑고 있는 모습이 보였다. 행동이 불편해 보여 자세히 보니 우측마비 장애를 갖고 있는 50대 여인이었다. 순간 자신에겐 뇌경색으로 지금 좌측마비를 앓고 있는 아내 생각이 겹쳤다. 그래서 더욱 인간적인 접근을 시도했는지 모른다. 알고 보니 공공근로의 일환으로 잡초를 뽑는 중이라고 했다. 여기서 시인의 사고는 혼란에 빠져 '세상은 뒤죽박죽이다'라고 나름 진단하며 자신은 존재의 떨림을 기록하는 지진계 역할이 되는 것이다.

그것은 젊은 여인에게 닥친 불치의 병과 소나무 밑에 하필 자리를 잘 못 잡은 잡초와 더욱 현실적으로는 늙은 부회장이 비어 있는 회장 대리를 할 수 밖에 없는 현실을 직시하고 '모두가 제자리가 아니다'라는 예기치 않은 본질의 발견에 아이러니를 느끼게 된다. 사실은 아무 일도 아니었다. 그러나 '시인의 길' 아니 시인의 기능은 세계의 슬픔과 조화시키는 것이며 삶을 육성시키고 그리고 나서 다시 그것을 매장시키는 지상의 역설인 것이다. 그것은 누가 말해 준 것도 책으로 읽은 것도 아니다 어느 날 우연히 그곳에서 그의 마음이 움직인 것이다.

"여보! 잘 잤어요?"
잘 못 잤다는 시늉으로

고개를 가로 젓는다

아내에게 소중한 사람으로
산다는 것이 무엇일까
그녀를 닮은
군자란 꽃에 물을 주었다
오늘이 아내 생일이다

　-「여섯 살 아내」 전문

　첫 행의 '여보, 잘 잤어요?' 이 한마디가 하루를 즐겁게 여는
서곡이 된다. 엘가의 '사랑의 인사'는 아내를 위한 피아노 솔로
곡으로 작곡하였다고 하는데 애틋한 바이올린 연주가 들뜬 심
신을 위무해해 준다. 그러나 필자의 아내는 '잘 못 잤다는 시늉
으로 고개를 가로 젓는다'고 했다. 중풍으로 자주 아프다 보니
숙면보다는 불면의 밤이 더 익숙한 아내다. 여기서 아내에게 소
중한 사람으로 산다는 것의 의미를 고급 식물에 비유했음이 이
채롭다. 소중한 사람의 대체물로 차용한 '군자란'은 이름 끝에
란(蘭)이 붙어 있어서 난 종류일거라고 생각되기도 하지만, 난과
는 전혀 관계없는 식물이라고 한다. 하지만 그녀를 닮았으니 꽃
에 물을 줌으로 아내의 생일을 소중한 가치로 대하는 모습이 아
름답다. 무엇보다 예기(禮記)에 따르면 군자는 많은 지식을 갖고
있으면서도 겸손하고 선한 행동에 힘쓰면서 게으르지 않은 사
람을 일컫는다. 새삼 '군자란 꽃'을 닮은 아내에게 물을 주는 시
인의 품격이 가상하다. 더욱이 여섯 살 어린 아이처럼 천진난만

한 생명을 부여받은 생일날에 말이다.

  지금 이 길을
  침묵으로 가렵니다

  모래 언덕을 넘고
  계곡을 건너서라도
  일용할 양식을 등짐 지고
  또 다른 생을 위해
  가야 합니다

  바로 이 준령을 넘으면
  황금 모래알 반짝이고
  은물결 춤추는 넘실 바다가
  기다리고 있기 때문입니다

  -「유년 동화」 전문

　동화는 소위 어린이를 위하여 동심을 바탕으로 지은 이야기가
정상이다 그것은 거짓 없이 천진난만함을 동반하며 그 내용은
경이로운 요소와 사건의 연속으로 무엇보다 아이들의 군침을
삼킬 수 있는 요소라야 합격점이다. 그럼에도 간혹 어른들을 위
한 철학 동화 같은 것이 있긴 하지만 그것은 어디까지나 미리
설정된 기획 동화일 개연성이 높다. 그러므로 대개 동화의 전개
는 마땅히 숙주(宿主)격인 아이들에게 통용되는 이야기보따리를

풀어 놓아야 한다.

그런데 어쩌지 무봉 시인의 동화는 전혀 딴 판으로 출발하고 있다. 침묵, 모래언덕, 일용할 양식 등의 언어는 꿈과 낭만을 심어주는 환상의 언어들이 아니다.

그러기는커녕 답답하고 숨 막히는 현실 세태를 반영한다. '일용할 양식을 등짐 지고 또 다른 생을 간다'의 표현에서 그만 희망의 속삭임은커녕 이승에서 고생보따리가 내세에서도 이어진다는 절망감이 단번에 엄습하고야 마는 것이다.

하지만, 3연은 참고 기다렸다는 듯이 결국 해피엔딩으로 마무리 된다 '바로 이 준령을 넘으면 황금 모래알 반짝이고 은물결 춤추는 넘실 바다가 기다리고 있다'고 낙관적인 전망을 안겨 주는 것이다.

글쎄, 험산준령 넘으면 황금 모래알과 은파가 춤추고 희망으로 넘실대는 바다가 과연 우리 앞에 로또 복권처럼 기다리고 있을까? 하긴 잔혹 동화가 가끔 우릴 공포의 재미로 몰아가고 있긴 하지만 말이다. 여기에 더해 천국은 어린아이와 같은 자들의 것이며 누구든지 어린아이와 같지 않으면 천국에 들어갈 수 없다고 천국의 순수성을 천명하지 않았나!

먹구름이 몰려들었다
갑자기
섬광이 하늘을 쪼개듯이
천둥 치고
비바람이
땅 깊숙이 뿌리박은

나무를 흔들었다

잔가지들이 잘려 나갔고
견디지 못하는
나무 허리가 꺾이고
뿌리째 뽑혀 나갔다

밤새 상엿집에
도깨비들이 몰려와
오방 난장을 치고
놀다간 자리처럼
어지러운 새벽이 왔다

멀리 보이는 산은
어제 그대로 인데
가까이 보니
거기에도 상처가 덧나 있다

　－「몽환적인」 전문

　생이란 게 그렇게 복숭아꽃이 활짝 핀 낙원을 걷는 몽유도원
의 꿈만은 아닐 게다. 샤갈의 마을에 내리는 환상의 눈(雪)만 맞
고 살 수도 없는 노릇이고 그저 몽롱한 상태로 비몽사몽 몽유병
자의 걸음일 때가 많다. 때로는 이게 도대체 꿈인지 생시인지
모를 비극 속의 희극을 살며 웃고 떠들고 후회하고 탄식하다가

다시 준비 없는 새 봄을 맞이한다. 먹구름이 몰려와 천둥치고 비바람 맞고 나무뿌리까지 뽑혀나가는 처절한 고통과 직면해야 할 경우도 허다한 것이다.

그래야만 항체 면역이 생기고 더욱 단단해 지기 위하여 도전은 날마다 계속되고 상처 아문 자리에 그래도 새 봄은 천연덕스럽게 다시 걸어오고 있지 않은가.

한때 젊은 날의 고향은 누구에게나 힘찬 감정의 위세 좋은 충만의 계절이었다. 밤새 상엿집에 도깨비들이 몰려와 '오방 난장을 치고' 한 판 거나하게 놀다 떠난 보리밭 궁전의 추억은 시인에게 아스라한 아니, '몽환적인' 추억이 되어 버렸다. 이제 그는 고향 떠나 멀리 타향에서 바라보면 퍼즐 한 조각을 잃고 초점 잃은 눈동자를 치켜 올리고 있는 형국이겠다.

모두가 다 '몽환적인' 애련 속에서만 존재하고 시 한 편이 완성되자 귀신이 울고 시인에게 믿을 수 있는 것이란 '상처가 덧나 있는' 슬픈 이미지뿐이로구나! 그러구러 추억은 왜 늙지 않는가? 그것이 무봉 시인의 고민이었다.

가슴에 불던 바람
꽃으로 흔들흔들

피우지 못한 사랑
여물지 않은 아픔

사랑은

바람 같은 것
얼룩 하나 남긴 정

　―「고백」 전문

　시는 짧지만 '고백'은 길다. 아니, 시어는 짧지만 침묵은 하염
없이 길다. 왜일까? '피우지 못한 사랑'의 상처가 그때껏 아물지
않았기 때문이다. 굳이 '아물다'는 말을 '여물다'로 환언하여 '여
물지 않은 아픔'이란 사랑의 미성숙을 넌지시 비유한 이유를 알
겠다. 한때 '가슴에 불던 뜨거운 바람'이 사랑 꽃으로 '흔들흔들'
잠자는 심사를 희롱하는 듯 흔들어 놓고 갔지만, 그 결과는 불
도장으로 화인(火印)맞은 가슴처럼 씻지 못할 '얼룩'으로 남았다.
대저 사랑이란 그 얼마나 두려운 정열인가! 진액이 모두 빠진
후엔 가혹한 책임이 따른다.
　그래서 '사랑은 바람 같은 것'이란 범속한 진단을 내리기도 한
다. 시인의 사랑도 어쩔 수 없이 살면서 바람의 노래를 들어야
했다. 보다 많은 실의와 고뇌의 시간들이 사랑에 빠진 자들은
결코 비켜갈 수 없는 시험대 같은 것이었다.
　그러나 그 흔한 유행가 가사의 진리처럼 사랑보다 더 슬픈 게
바로 '정'이란다. 거기엔 싫건 좋건 애증의 감정이 고스란히 녹
아있어 어떤 앙금으로 남아있기 때문일 것이다. 그래서 홀로 남
겨진 사랑의 넋은 과거의 추억을 먹고 사는가 보다. 어쨌든, 샘
물은 강물과, 강물은 바다와 합친다. 그리고 하늘의 바람은 영
원히 달콤한 사랑의 감정과 섞이게 마련이다. 세상에 외톨이인
것은 하나도 없으며 만물은 신성한 사랑의 법칙에 따라 서로 다

른 것과 어울리는 데, 그것이 바로 엄연한 사랑의 철학이 아니 겠는가.

그러므로 '고백'은 각자 체험하고 공부해야 할 '사랑학개론'에 서 마땅히 추출한 등가물이 될 것이다.

> 망막 뒤통수에 흑백 영상 같은
> 뒷마당 빨랫줄에 하얀 광목 흔들고 떠난 바람
> 해 질 녘에 초가지붕 스미고 올라간 연기
> 하굣길 소달구지에 걸터앉아 내려 간 황톳길
> 그게 모두 바람의 기억

> 지금은 어디로 어디에 갔나
> 완행열차 마지막 칸에 앉아
> 무심한 철길을 바라본다

―「바람의 기억」 전문

무봉 시인에게 '바람'의 메타포(은유)는 기억이며 추억이다. 그 '기억'은 '철길'과 같은 아득한 고향으로 연결되어 젖줄과 같은 시의 자양을 끝없이 제공해 주고 있다. 어릴 적 유년의 기억 속 에 남은 것은 '망막 뒤통수에' 달린 '흑백 영상' 같은 아련한 추 억의 요소들을 수시로 상영해 주기 때문이다. 어머니 수고와 길 쌈으로 '뒷마당 빨랫줄에 걸린 하얀 광목', 아궁이에 불 때서 밥 짓고 '소달구지' 타고 간 '황톳길' 모두가 스쳐간 추억인 '바람의 기억'들인 것이다.

그것은 지금도 '완행열차 마지막 칸에 앉아' 어디로 어디론가 끝없이 달려가고 있는 환상을 심어준다. 그 옛날 역사 속에 신라인들 다 사라져도 포석정의 물길은 여전히 남아 있듯이 그처럼 우리가 고향을 떠난다 해도 거기에 얽힌 추억들은 마치 뇌수가 빠져나간 해골처럼 지독한 형해의 흔적으로 쓸쓸하게 황량한 변방의 들판을 지키고 있다.

그러나 어찌하랴! 오늘도 기다림의 끝은 오지 않고 바람의 흰 머리카락만 기억의 그물 사이로 술술 빠져 나간다. 늙어가는 것이 아니라 익어간다고 자위하며 노래한 들 어쩔 수 가 없다. 그나마 다행인 것은 허탈하게 바라보는 '무심한 철길' 너머엔 아직도 첫사랑과 아버지, 어머니 그리고 형제들에 얽힌 기쁨과 회한의 기억이 '꿈에 본 내 고향'처럼 고이 잠자고 있다는 것일 게다.

M 시인 1970년생
나와 30년 차
역사에서 정치에서 문학에서
세대 차가 있다

그의 고향 金泉
나의 고향 서산
10살의 고향은
집 뒤에 산이 있고
앞에 강이 흐르고

해바라기 밑에 서서

손짓하던 순이
양지 토방에 소꿉 차려놓고
여보라 부르던 그 애

사탕수수밭 꼭대기서
까치가 울던 날
서울로 전학 갔지
손안에 잡힌 참새의 가슴처럼
허한 가슴이 여러 날 콩닥콩닥 했지

M 시인이 고개를 끄덕끄덕
창밖에 비는 내리고
엿듣던 주모가 술에는 세대차가
없다는 의미로 조용히
두 잔에 같은 높이로
술을 채웠다

－「술(酒)」전문

　수원문학인의 집에서 주최하는 '금요 문학 광장' 초대 작가로 문태준 시인이 초청되었을 때, 필자는 M 시인에 대한 〈시인의 서사〉를 적어 읊어 드린 적이 있다. 그동안 나는 고은, 최동호, 오세영, 이재무, 정수자, 김윤배, 최문자, 유선, 이창식 등 국내 유수의 작가 작품을 섭렵하여 그들이 강좌에 초청되었을 때를 기해 소정의 작품 군(群)을 시적으로 요약한 '시인의 서사'라는 나만의 기획을 선보인 바 있다.

　다음은 언젠가 무봉 시인이 대면한 적이 있는 문태준 시인에 관한 것이다.

　뒤란에서 유년의 바람이 울고 간다
　이승의 바깥으로 마모된 맨발을 내밀어
　지상의 슬픔을 하직하신 어머니
　지난 가을 불현듯
　준비 없는 이별을 고하고
　숙근(宿根) 코스모스로 환생한 그녀
　노 시인의 간병일기는 차라리
　천년의 암각에 새겨진
　순애보의 그늘 막이었어라
　명멸하는 불빛이 사경을 넘어
　파루 종소리에 부딪치는 시간
　사랑의 마지막 얼굴은 늘
　설레발 같은 환승역에 이르러서야
　플랫폼 도면에 흰 점을 찍고 사라졌다
　부유하는 밤의 빈 집에서
　창궐하는 느릅나무 욕망이
　차단한 눈빛으로 수줍은 듯 묻는다
　"사모하는 일에 무슨 끝이 있나요?"

　80대의 고령에 시를 배우는 만학도인 무봉과 50 줄기의 서정 시인으로 문단에서 잘 나가는 문태준 시인과 아마도 〈창작 교실

〉이 끝나고 주석에서 뒤풀이 회식을 할 때 나눈 대화가 이 시의 모티브가 된 것 같다. 각각 '김천과 서산'을 고향으로 두고 있는 두 사람은 시골뜨기가 같고 양지 토방과 사탕수수밭 두렁에서 유년시절을 보낸 경험을 함께 공유하고 있다. 내심 수긍의 눈빛으로 '고개를 끄덕끄덕'하는 것으로 보아 둘은 어느새 시 소재를 안주로 술맛이 동하고 거나한 술기운으로 동질감을 느낀다. 이에 뒤질세라 주모는 같은 높이의 술잔을 채워 주어 세대 차이와 서로 이질적인 문학의 정서를 하나로 묶어준다.

내 가슴엔
커다란 구멍이 있다

바람이 들락거리고
빗물이 고이고
폐 농가의 아궁이 그을음 같은
흔적 앞에 앉아
잿더미 불씨를 그러모은다

반세기 넘도록 들어본
수화기 속 음성
"살고 싶지 않아요."
"……"
답을 할 수가 없었다

얼마 후

수화기 속 음성
"없는 전화번호입니다."
"……"

―「강물에 던진 국화」 전문

　얼핏 이 시의 제목에서 암시하는 바대로 조화(弔花)의 상징인
'국화'를 강물에 던졌다는 것으로 보아 누군가 세상을 하직하였
다는 내용을 담고 있다. 화자(話者)의 상대는 '반세기'가 넘도록
통화를 지속한 사람이니 굉장히 소중한 사람임이 분명하다 결
국 '살고 싶지 않아요'라는 절망적인 말을 끝으로 '수화기 속 음
성'은 그 이후 '없는 전화번호입니다'의 신호음으로 둘의 교신도
종언을 고하고 마감한다. 지금도 그 음성을 생각하면 '가슴에 커
다란 구멍'이 나 있고 빗물 같은 눈물이 고인다. 누군가를 떠나
보낸 상실감에 '농가 아궁이 그을음' 같은 슬픔의 흔적이 상처
난 마음에 불씨를 돋운다. 무려 반세기를 그리워하고 사랑했던
사람의 유골을 강물에 뿌리며 추념하는 뜻으로 국화를 던지고
있는 시인의 비탄과 통한의 아픔. 시를 쓴다는 것도 어쩌면 임
종연습에 지나지 않는 걸까. 죽음에 대해 아무 기대를 할 수 없
듯이 시에 대해서도 아무 기대를 하지 않는 것. 시는 아무도 어
떻게도 무슨 기대를 할 수 없고 손을 댈 수 없는 지경에서야 비
로소 온다. 시의 에너지원은 물론 세속적인 것이다 알듯알듯하
다가도 끝내 모르는 이야기, 어떤 보상도 희망도 없고 언제나
막막한 자리, 어제도 내일도 똑같은 그 자리를 시인은 지금 임
사체험(臨死體驗)하고 있는 것이다.

새삼, 죽음이 삶에 대해 가르쳐줄 수 있는 것은 무엇일까?

영원한 것은 없다 모든 것은 끊임없이 변한다. 인생의 불안정함을 자각해야 소중함에 감사하게 된다. 무의미한 짓거리에 인생 허비하지 않게 된다. 아니, 더 나은 미래에 마냥 희망을 꽂아둘 것이 아니라 현재에 집중하고 지금 우리가 앞에 갖고 있는 것에 고마워해야 한다는 뜻이겠다.

어느 삼경에
발정 난 암캐를 따라다니듯
바지 끝이 이슬에 젖었고
화선지에 먹물 번지듯 어둠이 스미는
칠흑의 밤

갑자기 쏟아지는
샤워 꼭지 아래 엉켜 젖었다
머리카락 사이로
흑진주 눈빛
두 가슴을
뜨겁게 난타했다

물레방앗간
지푸라기 모아 불을 피우고
어깨에 걸친 붉은 브래지어 끈
지금도 비 내리는 밤이면
가슴이 파도를 친다

─「소낙비」 전문

밤 11시부터 새벽 3시까지를 '삼경'이라 한다. 그 시간에 '발정
난 암캐'를 따라다니는 놈은 아마도 하이에나 아니면 승냥이 같
은 야생동물일성 싶다. 더구나 소나기가 쏟아지는 칠흑 같은 밤
이었으니 밤의 장막은 모든 수줍음의 교태를 가려주고 모든 걸
다 용서해 주는 포용력을 지니고 있다. '샤워 꼭지' 터진 빗줄기
에 엉겨 붙은 들짐승의 포효, 불타는 '흑진주 눈빛'이 용광로 같
은 두 남녀의 가슴을 사정없이 난타했겠다. 폭우를 피해간 '물레
방앗간'은 '화선지에 먹물 번지는 듯'한 청춘의 교성과 난장을 부
리기에 최고로 좋은 무대였으리라. '지푸라기 모아' 사랑의 정념
(情念)을 한껏 불태우고 터질 듯한 '브래지어 끈'에 원시의 밤바
다가 흐물흐물 녹아내렸다. 그때쯤 청춘의 유행가가 들려온다.
'어디에 있었니 내 아들아 어디에 있었니 내 딸들아' 소낙비, 소
낙비 끝없이 비가 내리는 밤의 일이었다.

무봉 시인의 청춘시대, 남녀상열지사가 최고조에 이른 시절,
여기서 시의 에너지원은 세속이고 거기엔 어떤 보상도 희망도
가식도 문장도 없고, 그냥 본능에 충실한 막막한 자리가 인생의
핵심인 한 철에 젊은이의 훌륭한 놀이터가 되어 주었던 것이다.

주목판자 앞에 놓고 대패질로 다듬어
숨은 핏줄 살려내고 옹이에 바람 넣어

대웅전
세 글자 붙여

칼끝으로 도려판다

살아 천년 푸르게 백두대간 소백산
죽어 천년 자리 지켜 태산준령 천왕봉

칼날에
새기고 파여
현판으로 재생 부활

―「천년지기」 전문

우리 국토의 척추 격인 백두대간을 타고 태백산 소백산 을 오
르내리다 보면 바다 건너 한라산까지 험준한 태산준령이 줄줄
이 이어진다. 백두대간은 물론 백두산에서 지리산까지 이어지
는 한반도의 가장 크고 긴 산줄기이다. 이런 명산의 첩첩 줄기
꼭대기에는 어디에서나 은근하게 우리를 맞아주는 나무가 있으
니 바로 늙으신 '주목'들이다. 그 중에는 비틀어지고, 꺾어지고,
때로는 속이 모두 썩어버려 고사 직전의 나무들도 있다. 그런
부실한 몸으로 어떻게 매서운 눈보라를 견디고 여름 한 철 혹서
를 거치면서 수 백 년 한 아름에 이르러 마침내 천년이 넘은 고
목이 되었는지 자연의 신비에 그저 끝없는 경외(敬畏)를 느끼지
않을 수 없다.
이미 뛰어난 서각 솜씨로 정평이 나 있는 시인이 실제 자신이
발품 팔아 취득한 나무판자에 일일이 서각 칼로 글자를 새기면
서 구상한 글이다. 나무의 재질은 물론 살아 천년 죽어 천년 산

다는 주목 나무를 골랐다 '주목 판자 앞에 놓고 대패질로 다듬어'에서처럼 깎고 다듬는 모습이 시어를 가다듬고 구상하는 시인의 노고에 버금갈 정도로 지극 정성을 다한다.

다 죽어가는 나무를 예술품으로 새롭게 살려냈으니 '숨은 핏줄 살려 내고' 나뭇결에 박혀 있는 '옹이'에 생령의 바람을 불어넣는 격이다. 예봉의 '칼날'과 '칼끝으로 도려 파는' 자신과의 처절한 싸움을 지속하여 마침내 현판으로 부활시켜 '재생'의 기쁨을 누리게 만든다는 것이니 시인에게 포착된 '주목'은 붉은 방울종의 작은 열매를 앙증스레 매어달고 변치 않는 '천년지기'의 영원한 탄일종의 희열을 선사하는 형국이 된 것이다.

차를 마시는 찻잔이 있는데
그만 떨어트려 깨져버렸다
아까워
꽃무늬 찻잔을
물끄러미 바라보았다

사금파리 조각들 하나 둘 주우니
칼날도 있었고 송곳도 보였다
찻잔이 흉기가 되다니
놀라서 다시 본다

동창회 계모임 문학회 모임에서
겉으로 보기에는 모난 곳이 없지만
때때로

불신감 때문에
친목이 흉기가 되다니

―「깨어진다는 것」 전문

　시는 상상력의 문제로 리얼리즘이 없음을 잘 인식하고 있으면
서도, 때로는 자신도 모르게 감정에 사로잡힌 나머지 너무 과할
정도로 독자에게 친절을 베풀고 다소 무리한 설명으로 시작법
의 근간을 해치는 경우가 왕왕 있게 마련이다. 그러나 눈으로
보아도 보지 못하고 귀로 들어도 깨닫지 못하는 청맹과니에게
조사 하나 빼놓지 않고라도 어떤 의미에서든 반복적으로 사례
를 조곤조곤 부연 설명해 주는 일이 사건 해결에 단초를 제공하
는 경우가 더러 있다. 만약 침묵으로 쓰는 언어로 이 시를 접했
다면 긴장감은 한없이 떨어지고 만다.
　그러나 초등수사의 열린 마음으로 읽으니 비비꼬인 복잡한 심
사는 훨씬 더 누그러졌다. 자고로 표현 욕망의 꿈틀거림으로 그
만큼 사실을 있는 그대로 적는 행위인 서사(敍事) 욕구를 냉정하
게 억제하기란 그렇게 쉽지가 않아 보인다.
　내용은 간단하다. 차를 마시다 꽃무늬 찻잔을 떨어트려 깨졌
는데, 깨진 조각들이 '흉기'가 되었다 인간들의 모임에서도 어느
날 갑자기 굳게 믿었던 신뢰감이 깨어지면 반목과 불신의 흉기
로 돌아온다는 교훈이다. 그렇게 되면 서로의 가슴을 예리한 칼
끝으로 마구 헤집어 놓는 비극이나 마찬가지다.
　무엇보다 생활의 재발견에서 오는 불화의 울부짖음이 이 시의
주된 제재가 되었다. 그러나 주제가 중요한 것보다 더 중요한

것은 미학적인 완성이 더 필요하다는 사실을 간과하지 말아야 하겠다는 생각이다. 엄밀하게 말해서 시작법의 기본원리를 살짝 비껴가긴 했어도 서사의 근간을 구축했다는 긍정으로 받아들인다. 아닌 게 아니라, 이 글은 저자의 핍진한 경험의 재구성이다. 그가 한 문학회의 회장 직무대행을 할 때, 그는 회원들 상호간의 사소한 대립과 갈등으로 불신의 늪에서 고초를 겪어본 것이 이 시의 마지막 연에 반전효과로 여실히 드러난다.

'깨어진다는 것'은 언젠가 치명적인 '흉기'의 예각으로 돌아온다는 이치와 같다. 특히 공동체 안에서 사람들끼리 서로 주고받는 댓글이나 비방하는 말의 시발점인 세치 혀의 '흉기'는 길들일 사람이 없으니 우리 지체의 온 몸을 더럽히고 삶의 수레바퀴를 불사르는 무서운 악이다.

　지팡이가 불안한 아내
　손을 잡고 따라나선다

　수심이 깊은 밤
　가지 끝에
　나뭇잎이 파르르 떤다

　떨어지지 않으려 손에 힘을 준다
　"여보! 이 손 놓지 말아요."
　나무의 부름켜가 운다

　ㅡ「시인의 아내」 전문

시인의 아내는 누구인가?

중풍으로 7년째 고생하는 안사람이다 지팡이를 잡고 다녀야
하니 건각의 남편이 항상 부축하고 걸어야 그나마 안전을 보장
한다. 전업주부로 나선 지 오래인 무봉 시인에겐 지금 몹시도
안쓰러운 존재가 아내다. 바깥이 두려워 늘 안에 있는 사람, 산
보라도 할라치면 곁에서 부축해야 하는 불완전한 생명체. 몸의
불균형을 스스로 체득해야하는 기울기의 여자. 1965년 개천절
에 선을 보고 40일 만에 을지훈련 하듯 결혼식을 해치운 그의
사전에 전설적인 이야기로 자리 잡고 있다.

그로부터 세월은 흘러 병든 아내와 기거하니 시시때때로 수심
이 깊을 수밖에 없다 나무 가지 끝에 나뭇잎도 그날따라 처연히
'파르르 떤다'. 마지막 한 잎은 언제 떨어져 세상을 하직할 지 아
직은 아무런 기약이 없다. 그냥 평범(平凡)을 가장하고 주어진
오늘을 살아갈 뿐이다. 아는지 모르는지 와중에 아내의 나뭇잎
은 떨어지지 않으려고 간절히 잡은 손마디에 힘을 준다. '여보,
이 손 놓지 말아요' 그때까지 물관부와 체관부 사이에 있던 나무
줄기의 형성층인 '나무의 부름켜가 운다'. 소리 없이 운다. 그렇
구나! 저 늙은 노시인의 시는 나날의 소신공양이요, 한편 한편
의 시에 나날의 등신불(等身佛)이 들어 있다.

외출해 집에 오니
책상 위에 빼빼로 한 곽 놓였다
"여보! 이거 웬 거요."
"당신 선물이야."
아내 얼굴이 단풍이다

냉동했던 공주 정안 밤을
고구마와 함께 삶았다
칼로 반을 갈라 T스푼으로
속을 발라 아내 입에 넣어 주었다

아내 입이 돌 지난 아이처럼
밤알만큼 벌어진다
"여보!"
"왜요?"
"할멈에게 밤 속살을 발라 먹이는 영감 있으면 나오라고 해."
아내가 허벅지를 꾹 찌르며
"여기 있지 않아요."

잠자코 고개를 돌려 보니 또 운다

—「사랑의 크기」 전문

　고등학교 시절 성경학교에서 외운 요절 말씀이 아직도 생각난
다. '사랑은 언제까지 던지 떨어지지 아니하나 예언도 폐하고 방
언도 그치고 지식도 폐하리라'는 고린도전서의 말씀이다. 그때
는 정말 처절하게 가난했던 궁핍의 시절이었으니 학생예배 참
가하기 직전에 우연히 단칸방에 사는 옆집 여고생이 일러준 글
귀인데 아직 뇌리에서 떠나질 않고 각인되어 있음을 보니 글자
는 특별한 에너지의 표현이고 신비한 우주의 비밀이 담겨 있음

을 깨닫는다.

여기서 시인이 감지한 '사랑의 크기'는 가히 예언과 방언 그리고 지식을 능가하는 엄청난 측량할 수 없는 신비로 다가온다. 이처럼 사소한 것, 하찮은 것으로 남편은 아내에게 최고 점수를 얻고 극찬사(極讚辭)를 받는다. '빼빼로 한 곽' 선물에 아내 얼굴은 금세 단풍미인이 되고 밤을 삶아 숟가락으로 입에 떠 넣어주니 천하에 부러울 것이 없는 남편의 존재를 만끽한다. 그리곤 돌아서서 고마운 마음에 '또 운다'는 결말을 보니 전에도 여러 번 감동의 눈물을 흘렸다는 증좌다. 이를 보니 시인 남편은 분명 아내에게 만큼은 '사랑의 전과자'다. 이인삼각으로 부부는 일심동체이며 우주의 생체리듬 속에서 균형과 화해의 몸으로 빚어낸 율려(律呂)의 조화라고나 할까. 그래서 잠언은 '네 샘으로 복되게 하며 네가 젊어서 취한 아내를 즐거워하라'고 경고했지 않는가!

영하의 차가운
밤바다를 밝히는
등대를 생각한다

바다의 길잡이
흰 옷 입은 등대와
겨울 바다는
더 외롭다

수학여행 마치고

밤늦게 오는 날
호롱불 들고
마중 나온 아버지

모두 잠든 밤에도
등대지기는
겨울나무처럼
짙푸른 외로움이다

　─「겨울나무 등대」 전문

　겨울나무 등대와 아들을 기다리는 '아버지'의 정서가 교차되면서 시인의 고향인 어두운 천수만의 밤바다를 밝혀주던 유년 시절의 동화를 읽는 기분에 젖는다. 이 시의 씨앗을 배태(胚胎)한 사건의 풍광은 바야흐로 수학여행을 마치고 돌아오는 날 어두운 밤이었다. 그때 아버지는 등대지기처럼 아들의 안전 귀가를 위해 호롱불을 들고 마중 나오셨다. 먼 바다를 향해 도중 큰 파도를 만나 항구에 닿지 못하면 사달이 나는 경우와 같다. 한여름엔 시원한 그늘을 만들어 땀을 씻어 주고 가을엔 소담한 열매로 먹이를 제공해주던 나무는 이내 자신의 보호막인 잎사귀마저 다 떨구고 차가운 눈보라 삭풍에 발가벗고 외로이 서서 시련의 계절을 참고 버틴다. 싹 틔우고 햇빛 따사로운 봄을 기다리는 빈 벌판에 묘사된 '세한도(歲寒圖)'의 처연한 풍경이 겹친다.
　동지섣달 긴긴밤 오로지 자식들을 위해 노심초사했던 아버지도 시종 뒷모습을 보이며 모진 어려움을 다 이겨 내셨다. '등대지기'와 '겨울나무'는 '아버지'에 대한 메타포(은유)로 배치하여 지금도 시대의 어두운 밤바다를 밝혀주는 상징성을 부여한다. 아버지의 부재(不在)는 언제나 정체성의 불안을 의미하기에 그날도 차가운 겨울바람은 예언의 나팔소리에 실려 '겨울이 오면 어찌 봄이 멀소냐' 어둔 밤하늘에 묵시의 곡조를 띄운다. 그래서 '겨울나무 등대'는 고독하지도, 춥지도 않은 '짙푸른 외로움'을 통과하고 있는 것이다. 그렇다, 글쓰기는 삶속에 깃든 검고 어두운 밤을 찾아가는 것과 같다.

> 할아버지 따라 아버지도 가시고
> 아들과 딸들이 또 손자와 손녀들이 뒤따라오겠지
>
> 세상일이 시루떡처럼 낙엽이 묻히듯이
> 묵은 잎 위에 새 잎으로 묻히고 돋아난다
>
> 땟국물이 흐르고 낙서로 얼룩진 벽지는
> 새로운 벽지로 어둠 속에 풀칠하고 사라진다

―「리모델링」전문

이 시의 부제는 '직무대행을 마치며'로 적혀있다. 내가 알고 있는 시인은 함께 회원으로 등록한 문학회에서 최근에 극도의 혼란을 겪었다. 전대 회장 4년 임기를 마치고 인계인수하는 과정에서 극도의 이해와 갈등이 증폭되었으며 당시 부회장을 맡고 있던 무봉 시인은 급작스런 전임 두 분 회장의 전격사임으로

회장 본의 아닌 직무대행을 수행하게 되었다. 결과적으로, 절체
절명의 상황에서 혼란과 위기의 순간을 잘 극복하였지만, 그 후
유증과 여진은 아직도 많은 이들의 입에 긍정 혹은 부정의 시각
으로 회자된다.

　지금은 새로운 회장 체제로 전환하여 안정을 도모하고 있지
만, 그 이면에는 여전히 두고두고 논쟁의 불씨로 남아있는 것도
사실이다. 어쨌든 고령의 직무대행이었던 필자는 주어진 책무를
슬기롭게 특유의 뚝심으로 잘 극복하여 새로운 체제로 평화롭게
이양시킨 공로가 크다. '할아버지 따라 아버지도 가시고' '아들과
딸, 손자 손녀들이 뒤따라오겠지'의 표현은 만고불변의 진리요,
인생유전이고 생성, 발전, 소멸이라는 자연 질서의 순환 구조다.
그렇게 계승하여 대(代)를 잇고 쇠퇴하거나 향상일로의 흐름으로
역사는 유지된다. 세상일이 '낙엽이 묻히듯이' 썩어 분해되었다
가 다시 '새 잎'을 달고 나와 새봄의 도약을 준비하는 세상 이치
인 것이다. 그러나 어쩌다 사건 현장에 내던져진 책임자는 '펫국
물'이 흐르는 '얼룩'을 감수해야 하고 이윽고 '새로운 벽지로' 풀
칠한 후에야 비로소 그 곳을 벗어나게 된다. 시인의 말대로 직무
대리는 과거와 현재 이어서 미래를 잇는 다리 역할을 담당하는
것일 뿐이다. 그는 화사한 벽지로 새로이 '리모델링'할 수 있도록
기저를 튼튼히 다지고 떠났다고 본다. 그러므로 당대의 시인들
에겐 때로 온실 속의 화초처럼 나약한 존재가 아니라 무혈 혁명
의 혁신자라야 할 때가 생애 한 번은 도래하나보다.

　그냥 좋다
　첫사랑이 더더욱 그렇다

고향 마을 이웃에 사는 처녀와
빠졌다

그때마다
어머니는 묵은 지 찢어 수저에 올려
한입에 넣어 씹으며
"야! 눈이 삐었냐?"
"이 한심한 것아 쌔구 쌘 것이 여잔디"
"눈에 콩 껍질 씌웠어"
그렇게 야단을 치셨다

밥을 굶어도 배고픈 줄 모르고
하루만 못 보아도 속이 숯이다

시루떡 팥고물처럼
씹히는 추억이 있어 행복하다

－「팥고물처럼 씹히는 추억」 전문

　문득, '사랑의 물리학'이란 첫사랑의 시가 생각난다. '질량의 크기는 부피와 비례하지 않는다. 제비꽃 같이 조그마한 그 계집애가 꽃잎같이 하늘거리는 그 계집애가 지구보다 더 큰 질량으로 나를 끌어당긴다. 순간, 나는 뉴턴의 사과처럼 사정없이 그녀에게로 굴러 떨어졌다. 쿵 소리를 내며 쿵쿵 소리를 내며 심장이 하늘에서 땅까지 아찔한 진자운동을 계속하였다. 첫사랑

이었다.'

　아, 감동받은 영혼의 상냥한 마음과 부드러운 소리, 선량함과 평안, 그 첫사랑의 감동이 주는 황홀한 기쁨이여, 너는 어디에 있는가, 어디에? 아, 그 여자의 사랑을 두려워하며 그 행복, 그 달콤한 독(毒)을 두려워했어야 했다. 시인은 고향에서 첫사랑에 푹 빠졌을 때, '눈에 콩 껍질'이 씌웠다고 어머니에게 핀잔을 들어야 했다. 그만큼 중독이 되어 시인의 일생을 뒤흔들었다. '밥을 굶어도 배고픈 줄 모를 정도로' 사랑에 굶주렸다. 그러나 이제는 '시루떡 팥고물처럼 씹히는 추억'이 되었다. 첫사랑에 관한 시가 시인의 심장부를 관통하고 그녀에 대한 생각과 기억이 무한히 뻗어나간 것이다. 그러나 첫사랑의 운명은 깨어져야 하는 것, 깨어지지 않으면 첫사랑이 아니다 그래 그것은 봄날의 뇌우 같은 것!

　아, 그러나 고향을 떠나 변방에 오래 살다보니 기다리지 않아도 너는 오고, 기다림마저 잃었을 때에도 너는 잠자는 의식 속으로 건너왔다. 시의 화자는 첫사랑의 구속에서 오래 동안을 헤어나지 못하고 유리방황했다. 그 후로 신열이 나고 몸이 쑤실 때 비로소 누적된 경험의 사랑시가 쏟아졌다. 그야말로 첫사랑은 짧고, 침묵은 하염없이 긴 서사가 되었다고나 해야 할까. '하루만 못 보아도 속이 숯검정'이 되는 일은 더 이상 없을 것이기에 그나마 '씹히는 추억이 있어 행복하다'.

　시의 향방을 가늠할 때, 다음 네 가지 측면을 고려하면 그 우려를 불식할 수 있다고 진단하는 이가 있다. 첫째, 세속성은 일

상성과 물신주의를 배격해야 할 것과 둘째, 주관성은 배타성과 독존주의에 기인한다는 것과 셋째, 정체성은 보수성과 편의주의이다 넷째는 해체성으로 파괴성과 허무주의를 극복해야 할 과제를 떠안고 있다는 것이다. 여기에 더 나아가 현대시 100년을 맞아 우리시에서 가장 절실히 요구되는 것은 통속적인 물신주의를 벗어나 형이상(形而上) 세계의 개척이라는 점이다. 이것이 앞으로 시의 생존자체를 가능케 하는 결정적 요소라는 것을 명심해야 하겠다. 시가 한낱 자기감정의 해소 방법 정도로만 인식되면 안 되고 독자적인 개성을 갖되, 진정한 자신의 목소리를 표출하는 방법서설을 고민해야 하는 것이다.

이상에서 두루 살펴본 바와 같이, 무봉 시인의 키워드는 고향, 아버지, 첫사랑 그리고 평생의 동반자인 아내에 대한 이야기가 시의 주된 소재로 등장한다. 그리고 그것들은 때로 너무 사실적으로 드러나 마치 그의 자서전을 읽는 듯 그의 내밀한 사연이 고스란히 드러나 있다. 간병일기와 흡사한 그의 실제 체험 기록은 앞으로 소설쓰기의 밑거름이 되고도 남을 것이다.

누구에게나 고향은 마음의 젖줄이며, 모정의 세월이며, 아버지의 뒷모습이다. 지금은 낯선 사람들의 타향이 되어버린 고향, 해수로 고생하시던 아버지의 기억과 시인의 사전 속에 점점 멀어지는 '고향'이란 단어, 청춘의 끓는 피가 물결치던 보리밭 궁전의 연애 무용담은 무궁무진하다. 충청도 사내가 강원도 여인을 만나 딸 셋 잘 키워 상해, 평촌, 광교 등지에서 잘들 산다고 했다. 더구나 반신을 쓸 수 없는 중풍 아내는 7년 만에 시금치국을 끓이고 시금시금 눈물을 떠먹는 이야기는 도저히 축약된 언어로만 풀어낼 수 없는 고민을 알기에 그는 서사 본능을 억제하기 어려웠다. 간혹 시의 본령인 상상력의 형상화를 도모한답시고 짧게도 써 보지만 역시 쉽지가 않다.

시인은 또 평생 살아가면서 소중한 것은 삶에서 사랑을 느끼는 것이 최고의 선물인 줄 알기에 죽도록 '사랑 시'에 매달린다. 농익은 경험으로 행복의 텃밭이 거기서 유래됨을 알기에 그렇다. 이제 노년이 되니 단풍 낙엽도 상여 타고 떠나는 듯 보이고, 묘지 상석에 누워 사랑하던 젊은 날이 그리워 또 '사랑 시' 쓰기에 탐닉하며 말년의 고적감을 위로 받는다.

사실 우리가 어떤 사물을 보고 그것을 시적 언어로 표현한다는 것은 관찰자 개인의 안목과 마음 상태인 개인 정서에 따라 달라질 것이다. 시에서는 낯설게 하기가 중요한 기법인데, 사물을 표현하는 데 이러한 시인의 외적 조건에 따라서 전혀 다른 사실적 표현으로 시상이 표출되어 본인도 자주 자가당착에 빠지는 경우가 많다. 이러한 일련의 과정을 시적 변용이라 하지만, 무봉 시인의 의도에 따라 사물과 환경에 대한 시적 표현을 짧게도 길게도 할 수 있음을 보여주고자 시도한 흔적이 도처에 번득인다.

좋은 시를 쓰기 위해서 우리는 전 생애를 두고 참을성 있게 기다린다는 각오로 임종 연습과 같은 절박함으로 절명시(絶命詩) 한 편을 남겨야 한다는 소명의식을 갖기도 한다. 무엇보다 무봉 시인의 경우는 소설체에 가까운 사실 묘사의 극복이 관건이며 아무리 표현 욕구가 꿈틀거려도 짧아서 더 아름다운 시작법을 계발해야겠다. 이젠 연륜도 그윽하시니 전 우주적 사고와 철학적 사유가 시 저변에 깔리기를 기대해 본다. 그에겐 고향과 아버지, 첫사랑에 대한 풍부한 시적 자산이 있으니 가능한 일이다. 사실 지금 우리가 누리는 행복과 평안은 어찌 보면 모두가 다 남에게서 빼앗은 것들이다. 우리는 그러한 부채감을 안고 글을 써야 한다. 관찰과 사색, 꾸준한 습작이라는 시적인 연마와 다양한 시편들의 순례를 통해 묵시적인 은유를 쓰면 좋겠다.

언어는 정신의 지문(指紋)이다. 그의 넋이 찍히는 그 무늬를 어찌 우리가 함부로 할 수 있겠는가? 무엇보다 언어의 기원은 시였다. 단어에는 영혼이 있고, 그 단어는 세계의 내적 생명을 반영하는 활기를 품고 있으며 이런 연계성에서 단어의 힘이 나온다. 어떤 형식의 언어든지 암묵적으로 그 힘을 펼친다고 믿는다. 시인이 남보다 그 힘에 예민하다고들 하는 데, 시인이란 그 암묵적인 힘을 의식적으로 추구하는 자들이기 때문이다. 정말 수고 많으셨다!

2020년 봄
윤형돈